Maigret
Band M 67

Georges Simenon, geboren 1903 im belgischen Lüttich, gestorben 1989 in Lausanne, gilt als der »meistgelesene, meistübersetzte, meistverfilmte, mit einem Wort: der erfolgreichste Schriftsteller des 20. Jahrhunderts« *(Die Zeit)*. Seine erstaunliche literarische Produktivität (75 Maigret-Romane, über 117 weitere Romane), viele Ortswechsel, zwei Ehen und unzählige Frauen bestimmten sein Leben. Rastlos bereiste er die Welt, immer auf der Suche nach dem, »was bei allen Menschen gleich ist«. Das macht seine Bücher bis heute so zeitlos.

Georges Simenon

Maigret in Kur

Roman

Aus dem Französischen von
Hansjürgen Wille, Barbara Klau
und Bärbel Brands

Atlantik

Die französische Originalausgabe erschien 1968 unter dem Titel
Maigret à Vichy im Verlag Presses de la Cité, Paris.
Die deutsche Erstausgabe erschien 1969
im Verlag Kiepenheuer & Witsch, Köln.
Die Übersetzung wurde für die vorliegende Ausgabe
von Bärbel Brands grundlegend überarbeitet.

*Atlantik ist ein Imprint des
Hoffmann und Campe Verlags, Hamburg.*

2. Auflage 2024
www.hoffmann-und-campe.de
Umschlaggestaltung: © Rothfos & Gabler, Hamburg
Umschlagabbildung: © Getty Images/Keystone-France
Satz: Tristan Walkhoefer, Leipzig
Gesetzt aus der Stempel Garamond und der Ano
Druck und Bindung: GGP Media GmbH, Pößneck
ISBN 978-3-455-00774-9

Ein Unternehmen der
GANSKE VERLAGSGRUPPE

1

Kennst du die beiden?«, fragte Madame Maigret leise, als ihr Mann sich nach einem Paar umdrehte, das gerade an ihnen vorbeigegangen war.

Der Mann hatte sich ebenfalls umgedreht und gelächelt. Einen Augenblick hatte es so ausgesehen, als wollte er auf den Kommissar zugehen und ihm die Hand geben.

»Nein ... Ich weiß es nicht. Ich glaube nicht.«

Der Mann war klein und von stattlichem Umfang, seine Frau kaum größer und ebenso füllig. Maigret hielt sie für eine Belgierin, nur wusste er nicht, warum. Wegen ihres hellen Teints, ihrer gelbblonden Haare oder der hervortretenden blauen Augen?

Sie waren sich mindestens zum fünften Mal begegnet. Beim ersten Mal war der Mann abrupt stehen geblieben, und sein Gesicht hatte vor Freude gestrahlt. Er schien etwas sagen zu wollen, während der Kommissar die Stirn runzelte und vergeblich in seinem Gedächtnis kramte.

Die Gestalt und das Gesicht kamen ihm bekannt vor, aber wer zum Teufel konnte das sein? Wo war

er diesem kleinen, heiteren Mann und seiner farben-
frohen Marzipanfrau schon einmal begegnet?

»Wirklich, ich weiß es nicht.«

Es war nicht weiter wichtig. Die Leute waren hier
sowieso nicht die gleichen wie im normalen Leben.

Jeden Augenblick würde die Blaskapelle los-
schmettern. In dem Pavillon mit den zierlichen Säu-
len und den verschnörkelten Ornamenten richteten
die Musiker den Blick auf den Dirigenten und setzten ihre Blechinstrumente an. War es die Kapelle der
städtischen Feuerwehr? Sie trugen Uniformen mit
so vielen Litzen und Tressen wie südamerikanische
Generäle, blutrote Epauletten, weiße Säbelgurte.
Hunderte, man hätte meinen können, Tausende gelb
lackierter schmiedeeiserner Stühle stünden in immer
größeren Kreisen um den Musikpavillon herum,
und fast alle waren von Männern und Frauen besetzt, die andächtig warteten.

In ein oder zwei Minuten, um Punkt neun, würde
das Konzert im Park unter den großen Bäumen
beginnen. Die Abendluft war beinahe frisch nach
dem schwülen Tag, und das Laub raschelte leise im
Wind, während die Milchglaskugeln helle Flecken
ins dunkle Grün warfen.

»Willst du dich setzen?«

Es waren noch einige Stühle frei, aber sie setzten
sich nie. Stattdessen schlenderten sie umher. Wie
viele andere auch, die gemächlich hin und her spa-

zierten und nur mit halbem Ohr der Musik lauschten: Paare, daneben zahlreiche Männer und Frauen, die allein gekommen waren und die Mitte ihres Lebens hinter sich gelassen hatten.

Alles wirkte ein wenig künstlich. Das mit Stuckverzierungen überfrachtete weiße Casino im Stil der Jahrhundertwende war hell erleuchtet. Manchmal schien es, als wäre die Zeit stehengeblieben, bis plötzlich ein lautes Hupen von der Rue Georges-Clemenceau herüberklang.

»Da ist sie«, flüsterte Madame Maigret und deutete mit dem Kinn auf eine Frau.

Es war ein Spiel geworden. Sie hatte sich angewöhnt, dem Blick ihres Mannes zu folgen, und spürte sofort, wenn etwas seine Aufmerksamkeit erregte.

Was sollten sie auch tun, den lieben langen Tag? Sie spazierten durch die Stadt, blieben hin und wieder stehen, nicht etwa, weil sie außer Atem waren, sondern um einen Baum, ein Haus, ein Lichtspiel oder ein Gesicht zu betrachten.

Sie hatten das Gefühl, seit einer Ewigkeit in Vichy zu sein, dabei waren es erst fünf Tage. Gleich zu Beginn hatten sie einen Tagesablauf festgelegt, dem sie so eisern folgten, als hinge ihr Leben davon ab, und der bestimmt war von gewissen Ritualen, denen sie sich mit größtem Eifer widmeten.

Nahm Maigret das wirklich ernst? Seine Frau

wunderte sich, wenn sie ihn hin und wieder verstohlen anblickte. Er war nicht derselbe wie in Paris. Sein Schritt war weniger energisch, und seine Gesichtszüge wirkten entspannter. Meistens las sie Zufriedenheit aus seinem flüchtigen Lächeln, manchmal einen Anflug missmutiger Ironie.

»Sie trägt ihren weißen Schal …«

Ihr täglicher Spaziergang, immer zur gleichen Zeit, führte sie durch Alleen im Park oder zum Ufer des Allier. Sie schlenderten über platanengesäumte Boulevards oder Promenaden, auf denen es von Menschen wimmelte, und durch kleine verlassene Straßen. Dabei waren ihnen bestimmte Gesichter und Gestalten aufgefallen, die inzwischen zu ihrem kleinen Kosmos gehörten.

Es hatte den Anschein, als würde jeder zur selben Zeit dasselbe tun, auch jenseits des Rituals an den Heilquellen, wo man ein Glas von dem hochheiligen Wasser trank.

Maigrets Blick fiel auf eine Frau in der Menschenmenge. Der Blick seiner Frau folgte.

»Glaubst du, sie ist Witwe?«

Sie hätten sie »die Dame in Lila« nennen können, denn sie trug immer irgendetwas Lilafarbenes. An diesem Abend musste sie zu spät gekommen zu sein. Sie saß auf einem Stuhl in einer der hinteren Reihen.

Am Vorabend hatte sie einen rührenden Anblick

geboten. Die Maigrets waren um acht Uhr, eine Stunde vor Konzertbeginn, am Musikpavillon vorbeigekommen. Die kleinen gelben Stühle bildeten so regelmäßige Kreise, als wären sie mit dem Zirkel gezogen.

Alle waren noch frei, bis auf einen in der ersten Reihe, auf dem die Dame in Lila saß. Weder las sie im Schein der Laterne ein Buch, noch strickte sie. Sie tat gar nichts, zeigte nicht den geringsten Anflug von Ungeduld. Aufrecht saß sie da, ihre Hände flach auf dem Schoß, und rührte sich nicht. Sie blickte einfach geradeaus, wie es sich für eine vornehme Dame gehört.

Sie war wie aus einem Bilderbuch. Sie trug einen weißen Hut – anders als die meisten Frauen hier. Auch der zarte Schal über ihrer Schulter war weiß und ihr Kleid von jenem Lila, das sie ganz offensichtlich schätzte.

Ihr Gesicht war sehr lang und schmal, ihre Lippen dünn.

»Sie ist sicher eine alte Jungfer, was meinst du?«

Maigret vermied es, sich dazu zu äußern. Er ermittelte nicht, verfolgte keine Spur. Nichts zwang ihn, die Leute zu beobachten und die Wahrheit über sie herauszubekommen.

Trotzdem tat er es gelegentlich, denn es war ihm zur zweiten Natur geworden. Manchmal interessierte er sich ohne Grund für einen der Spaziergänger und versuchte dessen Beruf, Familienstand und Lebenswandel jenseits der Kur zu erraten.

Was nicht ganz leicht war, denn jeder der Kurgäste hatte sich nach einigen Tagen oder sogar Stunden dieser kleinen Welt angepasst. Die meisten Blicke zeugten von derselben etwas stumpfen Heiterkeit, außer denen der Schwerkranken, die man an ihren körperlichen Gebrechen, ihrem Gang, vor allem aber an ihrer Aura aus Angst und Hoffnung erkannte.

Die Dame in Lila gehörte gewissermaßen zum engeren Kreis, zu jenen, die Maigret von Anfang an aufgefallen waren und seine Neugier geweckt hatten.

Schwer zu sagen, wie alt sie war. Sie konnte ebenso gut fünfundvierzig wie fünfundfünfzig sein. Die Jahre hatten an ihr kaum Spuren hinterlassen.

Man spürte, dass sie, wie eine Nonne, an die Stille gewöhnt war und an die Einsamkeit, sie vielleicht sogar schätzte. Ob sie nun umherging oder, wie in diesem Augenblick, auf ihrem Platz saß, sie achtete weder auf die Menschen, die vorbeigingen, noch auf diejenigen, die neben ihr saßen. Es hätte sie wahrscheinlich überrascht zu erfahren, dass sich Kommissar Maigret bemühte, ohne das geringste berufliche Interesse ihre Persönlichkeit zu ergründen.

»Ich glaube nicht, dass sie jemals mit einem Mann zusammengelebt hat«, sagte er, als gerade die Kapelle im Pavillon zu spielen begann.

Auch nicht mit Kindern. Vielleicht mit einer betagten, pflegebedürftigen Person. Ihrer alten Mutter womöglich.

Dann hätte sie allerdings eine schlechte Krankenpflegerin abgegeben, denn es fehlte ihr das Einfühlsame, die Gabe, sich mitzuteilen. Nie blieb ihr Blick an jemandem haften, sondern glitt über die Leute hinweg, weil er nach innen gerichtet war. Sie sah nur sich selbst, und wahrscheinlich bereitete ihr das eine heimliche Genugtuung.

»Wollen wir unsere Runde gehen?«

Sie waren nicht hier, um Musik zu hören. Es gehörte zu ihrer Routine, um diese Zeit an dem Pavillon vorbeizugehen, wo übrigens nicht jeden Tag ein Konzert stattfand.

An manchen Abenden war dieser Teil des Parks beinahe verlassen. Sie durchquerten ihn, bogen nach rechts ab und gingen durch einen Laubengang, der an einer Straße voller Leuchtreklamen entlangführte. Dort gab es Hotels, Restaurants, Geschäfte und ein Kino, in dem sie noch nie gewesen waren. Das war in ihrem Zeitplan nicht vorgesehen.

Andere gingen dieselbe Runde wie sie, in ähnlich gemächlichem Tempo. Wieder andere spazierten in die entgegengesetzte Richtung. Ein paar nahmen die Abkürzung, um das Theater im Grand Casino zu besuchen, wo sie verspätet ankommen würden. Man erhaschte gerade noch einen Blick auf einen Smoking oder ein Abendkleid.

An einem anderen Ort, in den unterschiedlichen Pariser Stadtvierteln, in Provinzstädten, in Brüssel, Amsterdam, Rom oder Philadelphia, führte jeder dieser Menschen ein ganz anderes Leben.

Sie gehörten bestimmten Kreisen an, die ihre Regeln, ihre Tabus, ihre eigenen Ausdrucksweisen hatten. Manche waren reich, andere arm. Es gab Schwerkranke darunter, denen die Kur das Leben ein wenig verlängerte, und andere, denen sie erlaubte, während des übrigen Jahres nicht zu sehr auf ihre Gesundheit achten zu müssen. Hier mischten sich alle bunt durcheinander.

Für Maigret hatte die Geschichte ihren Anfang genommen, als sie bei den Pardons zum Abendessen eingeladen waren. Madame Pardon hatte *Canard au sang* serviert, ein Gericht, auf das der Kommissar ganz versessen war.

»Ist die Ente nicht gut?«, hatte sie nervös gefragt, als sie sah, dass Maigret kaum etwas aß.

Monsieur Pardon hatte seinen Gast daraufhin eingehend betrachtet, mit ernstem Blick.

»Fühlen Sie sich nicht wohl?«

»Ach. Es ist weiter nichts.«

Aber der Arzt hatte bemerkt, dass alle Farbe aus dem Gesicht seines Freundes gewichen war und sich Schweißtropfen auf seiner Stirn gebildet hatten.

Während des Essens hatte Pardon nicht weiter nachgefragt. Der Kommissar hatte kaum an seinem

Glas genippt, und als man ihm zum Kaffee einen alten Armagnac servieren wollte, winkte er ab.

»Verzeihen Sie. Heute Abend nicht.«

Erst später hatte Pardon gemurmelt:

»Sollen wir einen Augenblick in mein Sprechzimmer gehen?«

Maigret war ihm nur widerwillig gefolgt. Seit einiger Zeit ahnte er, dass es eines Tages so kommen würde, aber den Zeitpunkt hätte er gern noch ein wenig hinausgezögert. Das Sprechzimmer des Arztes war weder groß noch luxuriös. Auf dem Schreibtisch lag zwischen Flaschen, Salbentuben und allen möglichen Formularen das Stethoskop, und auf der Liege, so schien es, war noch der Abdruck des letzten Patienten zu sehen.

»Was ist mit Ihnen, Maigret?«

»Ich weiß es nicht. Wahrscheinlich das Alter.«

»Wie alt sind Sie? Zweiundfünfzig?«

»Dreiundfünfzig. Ich habe in letzter Zeit viel gearbeitet und mich mit Unannehmlichkeiten herumschlagen müssen. Keine spektakulären Ermittlungen, nichts Aufregendes, im Gegenteil. Zum einen der Papierkram – die ganze Verwaltung der Kriminalpolizei wird gerade neu organisiert –, zum anderen diese Serie von Überfällen auf junge Mädchen und alleinstehende Frauen, manchmal Vergewaltigungen, eine wahre Epidemie. Die Presse schlägt Alarm, aber ich habe nicht genug Leute, die ich auf Streife

schicken kann, ohne die ganze Abteilung lahmzu-
legen.«

»Haben Sie Verdauungsprobleme?«

»Hin und wieder. Manchmal zieht sich mir der
Magen zusammen, so wie heute Abend, oder ich
habe Schmerzen, eher eine Art Druck in der Brust
und im Bauch … Ich fühle mich schwer und müde.«

»Wäre es Ihnen recht, wenn ich Sie untersuchen
würde?«

Seine Frau nebenan ahnte es bestimmt schon und
Madame Pardon ebenso. Maigret genierte sich. Er
verabscheute alles, was auch nur im Entferntesten
mit Krankheit zu tun hat. Während er seine Kra-
watte löste, Jackett, Hemd und Unterhemd auszog,
erinnerte er sich daran, was er in seiner Jugend gedacht hatte.

»Ich will nicht mit Pillen und Tees leben, Diäten
einhalten und zur Untätigkeit gezwungen sein«,
hatte er verkündet. »Lieber jung sterben, als den
Krankenstand ertragen.«

»Krankenstand« nannte er jenen Lebensabschnitt,
in dem man beginnt, auf seinen Herzschlag zu achten, auf den Magen, die Leber oder Nieren, und sich
in regelmäßigen Abständen nackt und bloß dem
Arzt stellt.

Er hatte keine Lust mehr, jung zu sterben, aber er
wollte auch noch nichts von Krankheiten hören.

»Die Hose auch?«

»Lassen Sie sie etwas herunter.«

Pardon maß seinen Blutdruck, horchte ihn ab, tastete Magen und Bauch ab und drückte an einigen Stellen kräftiger.

»Tut das weh?«

»Nein ... Ein ganz klein bisschen vielleicht ... Etwas tiefer.«

Nun war er also wie alle anderen, hatte Angst, schämte sich dafür und wagte nicht, seinem Freund ins Gesicht zu blicken. Unbeholfen zog er sich wieder an.

»Wann waren Sie das letzte Mal im Urlaub?«, fragte Pardon in unverändertem Ton.

»Letztes Jahr habe ich mich für eine Woche davonstehlen können, aber dann musste ich zurück, weil ...«

»Und vorletztes Jahr?«

»Bin ich in Paris geblieben.«

»Bei dem Leben, das Sie führen, müssten Ihre Organe in einem sehr viel schlechteren Zustand sein ...«

»Die Leber?«

»Sie hat trotz allem, was Sie ihr zumuten, tapfer weitergearbeitet. Sie ist ein wenig vergrößert, aber nicht übermäßig, und verhärtet ist sie anscheinend auch nicht.«

»Und was ist dann nicht in Ordnung?«

»Nichts Bestimmtes ... Alles ein bisschen. Sie sind

erschöpft. Das steht fest, und eine Woche Urlaub wird daran nichts ändern. Wie fühlen Sie sich beim Aufwachen?«

»Schlecht gelaunt.«

Pardon musste lachen.

»Schlafen Sie gut?«

»Meine Frau behauptet, ich würde mich herumwälzen und manchmal im Schlaf sprechen.«

»Wollen Sie sich nicht Ihre Pfeife stopfen?«

»Ich versuche, weniger zu rauchen.«

»Warum?«

»Ich weiß nicht … Ich versuche auch, weniger zu trinken.«

»Setzen Sie sich.«

Auch Pardon setzte sich, und hinter seinem Schreibtisch wirkte er eher wie ein Arzt als im Ess- oder Wohnzimmer.

»Hören Sie mir gut zu. Sie sind nicht krank. Sie erfreuen sich sogar angesichts Ihres Alters und Ihrer anstrengenden Tätigkeit einer außergewöhnlich guten Gesundheit. Prägen Sie sich das ein für alle Mal ein. Achten Sie nicht darauf, wenn es hier oder dort mal zwickt oder sticht, und fangen Sie erst gar nicht damit an, vorsichtig die Treppen zu steigen …«

»Woher wissen Sie das?«

»Wenn Sie einen Verdächtigen verhören, woher wissen Sie dann …«

Beide lächelten.

»Es ist Ende Juni. In Paris ist es brütend heiß. Sie werden jetzt brav in den Urlaub fahren – wenn möglich, ohne eine Adresse zu hinterlassen. Auf jeden Fall aber werden Sie es vermeiden, jeden Tag am Quai des Orfèvres anzurufen.«

»Das ließe sich einrichten«, murmelte Maigret.

»Unser kleines Haus in Meung-sur-Loire ...«

»Wenn Sie erst einmal pensioniert sind, haben Sie Zeit genug für Ihr Häuschen. In diesem Sommer habe ich etwas anderes mit Ihnen vor. Kennen Sie Vichy?«

»Nein, ich bin noch nie dort gewesen, obwohl ich kaum fünfzig Kilometer entfernt geboren bin, in der Nähe von Moulins. Aber damals hatte noch nicht jeder ein Auto.«

»Ach, übrigens, hat Ihre Frau inzwischen den Führerschein gemacht?«

»Wir haben uns sogar einen 4CV gekauft.«

»Ich glaube, eine Kur in Vichy würde Ihnen guttun. Eine gründliche Entschlackung des gesamten Organismus.«

Pardon wäre bei dem Anblick von Maigrets Gesichtsausdruck beinahe in schallendes Gelächter ausgebrochen.

»Eine Kur?«

»Ein paar Gläser Wasser am Tag. Ich glaube nicht, dass der Arzt in Vichy Ihnen Moor- oder Mineralbäder oder Heilgymnastik und den ganzen Klimbim verordnen wird. Sie sind nicht ernsthaft krank. Einundzwanzig Tage ein regelmäßiges, sorgloses Leben ...«

»Ohne Bier, ohne Wein, ohne deftiges Essen, ohne ...«

»Wie viele Jahre haben Sie das alles ungeniert genossen?«

»Ich habe ganz gut gelebt ...«, gestand er.

»Und das werden Sie wieder tun, wenn auch in Maßen. Also, was meinen Sie?«

Als sich Maigret erhob, hörte er sich zu seinem eigenen Erstaunen sagen:

»Einverstanden.«

Ganz der brave Patient.

»Wann?«

»In ein paar Tagen, spätestens einer Woche. Ich muss nur vorher noch meine Akten in Ordnung bringen.«

»Ich werde Sie in Vichy zu einem meiner Kollegen schicken, der sich in diesen Dingen besser auskennt als ich. Ich kenne ein halbes Dutzend Ärzte dort. Lassen Sie mich mal überlegen ... Also, da wäre Rian. Er ist noch jung und bodenständig. Ich gebe Ihnen seine Adresse und seine Telefonnummer und werde ihm morgen schreiben.«

»Danke, Pardon.«

»Ich habe Ihnen doch nicht wehgetan?«

»Nein, Sie sind sehr sanft mit mir umgegangen.«

Im Wohnzimmer lächelte er seiner Frau beruhigend zu, aber solange sie bei den Pardons waren, sprach man nicht über Krankheiten.

Erst als sie Arm in Arm durch die Rue Popincourt gingen, murmelte Maigret beiläufig:

»Wir werden unseren Urlaub in Vichy verbringen.«

»Du machst eine Kur?«

»Wenn ich schon mal dort bin«, sagte er spöttisch. »Krank bin ich nicht, angeblich sogar ausgesprochen gesund. Und darum werde ich zum Wassertrinken geschickt.«

Nicht erst seit dem Besuch bei den Pardons hatte er das seltsame Gefühl, alle wären jünger als er, ob es sich nun um den Polizeipräsidenten handelte, den Untersuchungsrichter, Beschuldigte, die er verhörte, oder um diesen blonden, liebenswürdigen Doktor Rian, der noch keine vierzig war.

Eigentlich noch ein Junge, höchstens ein Jüngling, aber doch ernst und selbstsicher! Und dieses Bürschchen würde nun in gewisser Weise über Maigrets Schicksal entscheiden.

Dieser Gedanke ärgerte und beunruhigte ihn zugleich, denn er fühlte sich noch nicht wie ein alter, ja nicht einmal wie ein alternder Mann.

Trotz seines jugendlichen Alters bewohnte Doktor Rian eine hübsche Stadtvilla aus rosa Backstein am Boulevard des États-Unis. Die Einrichtung ließ zwar an die Jahrhundertwende denken, aber trotzdem wirkte das Ganze recht luxuriös mit der Marmortreppe, den edlen Teppichen, den polierten Möbeln und dem Dienstmädchen, dessen Häubchen mit englischer Stickerei verziert war.

»Gehe ich recht in der Annahme, dass Ihre Eltern nicht mehr leben? Woran ist Ihr Vater gestorben?«

In der peniblen Handschrift eines Schreibstubenbeamten notierte der Arzt die Antworten sorgfältig auf einer Karteikarte.

»Und Ihre Mutter? Haben Sie Geschwister? Welche Kinderkrankheiten hatten Sie? Masern? Scharlach?«

Keinen Scharlach, aber Masern als kleiner Junge. Damals lebte seine Mutter noch. Und es war sogar seine wärmste und innigste Erinnerung an sie, denn er sollte sie kurz danach verlieren.

»Haben Sie Sport getrieben? Welchen? Irgendwelche Unfälle? Leiden Sie oft an Angina? Starker Raucher, nicht wahr?«

Der junge Arzt lächelte maliziös, um Maigret zu zeigen, dass er bereits über ihn im Bilde war.

»Ruhig ist Ihr Leben wohl nicht gerade, was?«

»Das kommt darauf an. Manchmal verbringe ich drei Wochen oder einen Monat im Büro, und dann bin ich wieder mehrere Tage unterwegs.«

»Essen Sie regelmäßig?«

»Nein.«

»Halten Sie Diät?«

Hätte er jetzt gestehen müssen, dass er Geschmortes und Gebratenes besonders liebte, Ragouts und Saucen, die nach sämtlichen Gartenkräutern dufteten?

»Sie sind nicht nur ein Gourmet, sondern langen auch ordentlich zu, wie?«

»Ja, ziemlich ...«

»Und wie ist es mit Wein? Ein halber Liter, ein Liter am Tag?«

»Ja ... Nein. Mehr ... Bei Tisch trinke ich gewöhnlich nur zwei, drei Glas und im Büro ab und an ein Bier, das ich mir aus einer Brasserie bringen lasse.«

»Aperitif?«

»Ziemlich häufig, mit dem einen oder anderen Mitarbeiter.«

Und zwar in der Brasserie Dauphine. Nicht um sich zu betrinken, sondern wegen der Atmosphäre, des vertraulichen Nebeneinanders, des Geruchs nach Küche, Anis und Calvados, der sich in den Wänden festgesetzt hatte. Warum schämte er sich plötzlich vor diesem rechtschaffenen, wohlhabenden jungen Mann?

»Kurz, keine Ausschweifungen?«

Er wollte ehrlich sein.

»Es kommt darauf an, was Sie unter Ausschweifungen verstehen. Abends genehmige ich mir gern

21

ein oder zwei Gläschen Pflaumenschnaps, den uns meine Schwägerin aus dem Elsass schickt ... Meine Ermittlungen zwingen mich oft, längere Zeit in einem Café oder einem Bistro zu sitzen. Es ist schwer zu erklären. Wenn ich zum Beispiel eine dieser Ermittlungen mit einem Glas Vouvray beginne, weil es nun mal die Spezialität des Lokals ist, in dem ich gerade sitze, dann bleibe ich gern bei der ganzen Untersuchung dabei ...«

»Wie viele Gläser täglich?«

Er fühlte sich an seine Kindheit erinnert, an den Beichtstuhl in der Dorfkirche, der nach altem modrigem Holz roch und nach dem Pfarrer mit seinem Schnupftabak.

»Viel?«

»Sie würden wahrscheinlich sagen, es sei viel ...«

»Wie lange kann das dauern?«

»Mal drei, mal acht oder zehn Tage, wenn nicht noch länger. Es hängt ein bisschen vom Glück ab ...«

Man machte ihm keine Vorwürfe. Er musste keinen Rosenkranz beten. Aber er ahnte, was der blonde Arzt über ihn dachte, der sich im lichtdurchfluteten Zimmer über seinen schönen Mahagonischreibtisch beugte.

»Keine nennenswerten Verdauungsstörungen? Kein Sodbrennen? Kein Schwindel?«

Schwindel ja, aber kein gravierender. Und doch kam es ihm seit ein paar Wochen so vor, als befände er sich in einer zunehmend schwankenden Welt, die ihre Wirklichkeit eingebüßt hat. Auch er selbst schwankte, stand nicht mehr sicher auf den Beinen.

Es war nicht so, dass es ihn wirklich beunruhigte, aber es war unangenehm. Zum Glück dauerte es immer nur ein paar Sekunden. Einmal war ihm schwindelig geworden, als er den Boulevard du Palais überqueren wollte, und er hatte einen Augenblick warten müssen, ehe er sich auf die Straße wagte.

»Ich verstehe.«

Was verstand er? Dass er krank war? Dass er zu viel rauchte und trank? Dass es in seinem Alter höchste Zeit war, Diät zu halten?

Maigret war keineswegs niedergeschlagen. Er lächelte. Jenes Lächeln, das seine Frau, seit sie in Vichy waren, immer wieder an ihm bemerkte. Er schien sich über sich selbst lustig zu machen, war aber trotzdem ein bisschen griesgrämig.

»Lassen Sie uns nach nebenan gehen.«

Diesmal musste er eine gründliche Untersuchung über sich ergehen lassen. Er musste sogar drei Minuten lang die Sprossen einer Trittleiter auf und ab steigen. Im Liegen, Sitzen, Stehen wurde ihm der Blutdruck gemessen, und dann wurde er geröntgt.

»Atmen Sie ... Tiefer ... Nicht mehr atmen ... Einatmen ... Luft anhalten ... Ausatmen ...«

Es war komisch und grässlich, dramatisch und verrückt. Er hatte vielleicht noch dreißig Jahre zu leben, aber ebenso gut konnte man ihm in wenigen Minuten schonend beibringen, dass sein Leben als gesunder, normaler Mensch zu Ende war und er nie wieder seinen Beruf ausüben würde.

All jene, denen man im Park begegnete, an den Heilquellen, unter den prächtigen Bäumen, hatten diese Prozedur durchstehen müssen, sogar jene, die sich am Flussufer in die Sonne legten, die Boulespieler und die Tennisspieler, die man am anderen Ufer des Allier auf dem schattigen Gelände des Sportclubs sah.

»Mademoiselle Jeanne …«

»Sofort, Herr Doktor.«

Die Schwester wusste, was sie bringen musste. All das gehörte zu einer Routine wie jener, der die Maigrets nun folgen würden.

Zuerst die kleine Apparatur, mit der man ihm in die Fingerspitze stach, um Blutstropfen zu entnehmen, die man dann auf verschiedene Reagenzgläser verteilte.

»Entspannen Sie sich. Ballen Sie einen Augenblick die Faust.«

Eine Nadel bohrte sich in die Vene seiner Armbeuge.

»Öffnen Sie die Hand wieder.«

Es war nicht das erste Mal, dass man ihm Blut abnahm, aber diesmal schien es ihm ein besonders feierlicher Akt zu sein.

»Danke. Sie können sich wieder anziehen.«

Kurz darauf waren sie wieder im Sprechzimmer, die Wände voller Regale, in denen viele Bücher und gebundene Jahrgänge medizinischer Fachzeitschriften standen.

»Ich glaube nicht, dass in Ihrem Fall eine strenge Kur notwendig ist. Kommen Sie bitte übermorgen zur gleichen Zeit wieder. Dann liegen mir die Laborergebnisse vor. Ich verschreibe Ihnen bis dahin eine Diät. Sie wohnen im Hotel, nicht wahr? Sie müssen nur diesen Zettel dort abgeben. Man wird sich dann danach richten.«

Eine gedruckte Karteikarte – in einer Spalte die erlaubten, in einer anderen die verbotenen Gerichte. Auf der Rückseite sogar Menüempfehlungen.

»Ich weiß nicht, ob Sie über die Heilwirkung der verschiedenen Quellen Bescheid wissen. Es gibt dazu ein sehr gutes kleines Handbuch, das zwei meiner Kollegen verfasst haben, aber ich glaube, es ist vergriffen ... Sie werden zunächst einmal abwechselnd das Wasser aus zwei Quellen trinken, Chomel und Grande Grille. Sie befinden sich im Park.«

Beide waren sie vollkommen ernst. Maigret hatte weder Lust, mit den Schultern zu zucken, noch zu lächeln, während der Arzt etwas auf seinen Notizblock schrieb.

»Stehen Sie früh auf? Und frühstücken Sie gleich? ... Ich verstehe. Ihre Frau begleitet Sie?

Dann werde ich Sie nicht nüchtern durch die Stadt schicken. Beginnen Sie morgens um halb elf an der Grande Grille. Dort stehen Stühle, auf denen Sie sich ausruhen können, und wenn es regnet, können Sie in einer großen verglasten Halle Platz nehmen … Drei Mal, jeweils im Abstand einer halben Stunde, trinken Sie ein Glas Wasser, so heiß wie möglich.

Am Nachmittag um fünf das Gleiche an der Chomel-Quelle … Wundern Sie sich nicht, wenn Sie sich am Tag darauf ein wenig matt fühlen. Das ist eine vorübergehende Nebenwirkung der Kur. Außerdem sehen wir uns ja wieder.«

Das war nun lange her. Damals war er noch ein Anfänger gewesen, der die eine Quelle mit der anderen verwechselte. Jetzt hatte er sich an die Kur gewöhnt wie Tausende und Abertausende Männer und Frauen, denen er von morgens bis abends begegnete.

Zu manchen Zeiten waren die kleinen gelben Stühle im Park alle besetzt, so am Abend um den Musikpavillon herum, und jeder wartete auf den richtigen Zeitpunkt, sein zweites, drittes oder viertes Glas zu trinken.

Wie alle anderen auch hatte er sich ein dafür vorgesehenes Glas gekauft, und Madame Maigret hatte unbedingt auch eins haben wollen.

»Du willst doch nicht etwa die Kur mitmachen?«

»Warum nicht? Was würde ich schon riskieren? Ich habe in den Prospekten gelesen, dass man von dem Wasser abnimmt.«

Die Gläser steckten in Behältern aus Bast, und Madame Maigret trug beide, wie die Besucher einer Pferderennbahn ihre Ferngläser, an einem Lederriemen über der Schulter.

Noch nie waren sie so viel spazieren gegangen. Um neun Uhr morgens verließen sie das Hotel, und abgesehen von den Lieferanten war in den friedlichen Straßen des Quartier de France, in dem sie wohnten, unweit der Célestins-Quelle, kaum ein Mensch unterwegs. Nur wenige Gehminuten von ihrem Hotel entfernt gab es einen Spielplatz mit einem Planschbecken, Schaukeln und Spielgeräten aller Art und einem Kasperletheater, das noch größer war als das an den Champs-Élysées.

»Darf ich Ihre Eintrittskarte sehen, Monsieur?«

Sie hatten jeder einen Franc bezahlt, waren unter den Bäumen spazieren gegangen und hatten dem Spiel der Kinder zugesehen, die halb nackt fröhlich herumtollten. Am folgenden Tag waren sie wieder zum Spielplatz gekommen.

»Wenn Sie ein Carnet mit zwanzig Karten nehmen, wird es billiger.«

Das traute er sich nicht. Er wollte sich nicht festlegen. Sie waren ganz zufällig vorbeigekommen. Und nur aus Gewohnheit und weil sie nichts Besseres zu tun hatten, kamen sie jeden Tag zur gleichen Zeit wieder. Anschließend gingen sie zu den Boulespielern. Interessiert verfolgte Maigret zwei oder drei Partien und beobachtete jeden Morgen immer unter demselben Baum einen großen, dürren Mann, der nur einen Arm hatte und trotzdem der beste Werfer war.

Auf einem anderen Feld sprachen die Spieler mit südlichem Akzent. Einer von ihnen hatte schneeweißes Haar und einen rosigen Teint. Er war elegant gekleidet und strahlte große Würde aus. Sie nannten ihn »Senator«.

Ein Stück weiter begann der Strand, auf dem die Polizeibaracke stand. Schwimmende Bojen markierten den Badebereich. Und auch dort traf man immerzu auf dieselben Leute unter denselben Sonnenschirmen.

»Langweilst du dich nicht?«, hatte sie ihn am zweiten Tag gefragt.

»Aber warum denn?«, hatte er erstaunt erwidert.

Er langweilte sich tatsächlich nicht. Sein Leben fand allmählich einen neuen Rhythmus, und er entwickelte gewisse Vorlieben. So nahm er zum Beispiel verwundert zur Kenntnis, dass er sich, sobald er den Pont Bellerive erreicht hatte, automatisch eine Pfeife stopfte. Und dann folgte die Pfeife beim Yachtclub, wenn sie vom Ufer aus den jungen Männern und Frauen beim Wasserski zusahen.

»Ist das nicht ein gefährlicher Sport?«

»Warum?«

Und schließlich erreichten sie den Park, in dem ihnen eine Angestellte die Gläser mit Quellwasser füllte, das die Kurgäste in kleinen Schlucken tranken. Das Wasser war heiß und salzig. Das der Chomel-Quelle schmeckte deutlich nach Schwefel, und Maigret steckte sich schnell eine neue Pfeife an.

Madame Maigret wunderte sich, dass er so folgsam, so gelassen war, und manchmal war sie deswegen geradezu beunruhigt.

Schließlich fand sie heraus, dass er Detektiv spielte. Er beobachtete die Leute, ganz gegen seinen Willen, nahm winzige Details wahr, ordnete sie in Kategorien ein. In ihrem Hotel zum Beispiel, dem Hôtel de la Bérézina, einer Art Familienpension, hatte er schon anhand der Diäten feststellen können, wer leber- und wer zuckerkrank war.

Er bemühte sich, die Geschichte jedes Einzelnen zu erraten, sich vorzustellen, wie ihr Leben außerhalb der Kur aussah. Manchmal ließ er seine Frau an seinem Zeitvertreib teilnehmen.

Die beiden, die er »die Heiteren« nannte, faszinierten ihn. Der dickwanstige Herr, der immer den Anschein machte, auf ihn zugehen und ihm die Hand schütteln zu wollen, und seine brave kleine Bonbonfrau. Was für ein Leben mochten sie führen? Hatten sie den Kommissar erkannt, weil sie sein Foto in der Zeitung gesehen hatten?

Allerdings erkannte man ihn hier nur selten, viel seltener als in Paris. Seine Frau hatte darauf bestanden, dass er sich ein leichtes, cremeweißes Jackett kaufte, wie es die älteren Männer im Sommer trugen, als er noch ein Kind war.

Aber auch ohne das Jackett hätte man ihn wahrscheinlich nicht erkannt. Er war sich sicher, dass diejenigen, die bei seinem Anblick die Stirn runzelten oder sich nach ihm umsahen, dachten:

»Seltsam, der sieht ja aus wie Maigret ...«

Aber sie glaubten es nicht. Und er war es ja auch kaum mehr!

Eine weitere faszinierende Person: die Dame in Lila. Auch sie war ein Kurgast, trank aber nur das Wasser der Grande-Grille-Quelle, wo sie ihr jeden Morgen begegneten. Sie stand immer ein wenig abseits, in der Nähe des Zeitungskiosks, und trank immer nur einen Schluck. Nachdem sie ihr Glas gespült und abgetrocknet hatte, schob sie es vorsichtig und mit Würde in seinen Behälter zurück, wobei sie immer etwas abwesend wirkte.

Drei oder vier Leute grüßten sie. Nachmittags sahen die Maigrets sie nie. Vielleicht ging sie ins Badehaus oder musste auf Anordnung ihres Arztes ruhen.

»Die Blutsenkung ist ausgezeichnet«, hatte Doktor Rian gesagt.

»Die durchschnittliche Senkungsgeschwindigkeit

beträgt sechs Millimeter. Die Cholesterinwerte sind ein wenig hoch, aber im Rahmen ... Harnwerte normal, der Eisenwert ist ziemlich niedrig, was aber keinen Anlass zur Sorge gibt ... Die Harnsäurewerte ebenso wenig. Ich habe Wild, Innereien und Schalentiere von Ihrem Speiseplan gestrichen. Das Ergebnis der hämatologischen Untersuchung ist ausgezeichnet: ein Hämoglobinwert von achtundneunzig.

Alles, was Sie brauchen, ist eine gründliche Entschlackung des Organismus ... Fühlen Sie sich matt? Leichte Kopfschmerzen? Setzen Sie die Diät in den nächsten Tagen fort und kommen Sie am Samstag wieder.«

An diesem Abend, dem Abend, an dem das Konzert im Pavillon stattfand, sahen sie die Dame in Lila nicht nach Hause gehen, denn sie warteten nie das Ende des Konzerts ab, sondern kehrten früh in das Quartier de France mit seinen stillen Straßen und frisch gestrichenen Fassaden und in ihr Hotel zurück, wo zu beiden Seiten des zweiflügeligen Portals ein Kübel mit einem Lorbeerbäumchen stand.

Sie schliefen in einem Messingbett, und alle Möbel im Zimmer stammten aus der Zeit der Jahrhundertwende, sogar die Badewanne mit ihren Füßen und die Wasserhähne in Form von Schwanenhälsen.

Das Hotel war gut geführt und sehr ruhig, außer wenn der Sohn der Gagnaires aus dem ersten Stock im Garten Indianer spielte.

Es war still, alle schienen zu schlafen.

War es der fünfte Tag? Der sechste? Madame Maigret konnte sich noch immer nicht daran gewöhnen, dass sie morgens nicht den Kaffee zubereiten musste. Um sieben Uhr brachte man ihnen das Frühstück auf einem Tablett, mit frischen Croissants und der Tageszeitung von Clermont-Ferrand, die auf zwei Seiten über das Geschehen in Vichy berichtete. Maigret hatte sich angewöhnt, sie von der ersten bis zur letzten Zeile zu lesen, sodass er über jedes noch so unbedeutende lokale Ereignis Bescheid wusste. Er las sogar die Todesanzeigen und die kleinen Annoncen.

»*Villa, drei Schlafzimmer, Bad, luxuriöse Ausstattung, ausgezeichneter Zustand, unverbaubare Aussicht auf …*«

»Willst du hier eine Villa kaufen?«

»Nein. Aber das ist interessant. Ich frage mich, ob es die wiederkehrenden Kurgäste sind, die hier eine eigene Villa haben möchten, um einen Monat im Jahr hier zu verbringen, oder die Rentner aus Paris oder sonst wo …«

Sie zogen sich nacheinander an und stiegen die Treppe hinunter, auf der ein roter Läufer mit dünnen Messingstangen befestigt war. Jeden Morgen begrüßte sie der Hotelier am Fuß der Treppe. Er war nicht aus der Gegend, sondern aus Montélimar, was sein Akzent verriet. Sie vertrieben sich die Zeit, spazierten zum Spielplatz, zu den Boulespielern …

»Übrigens, ich habe gelesen, dass mittwochs und samstags ein Markt stattfindet. Wir könnten ihn uns mal ansehen.«

Er hatte Märkte immer geliebt, den Geruch von Gemüse und Obst, den Anblick der Rinderviertel, der lebenden Fische und Hummer.

»Rian hat mir dringend geraten, täglich fünf Kilometer zu gehen«, sagte er mit ironischem Unterton.

»Er ahnt nicht, dass wir im Durchschnitt fünfzehn zurücklegen.«

»Wirklich?«

»Rechne doch nach … Wir gehen mindestens fünf Stunden, wenn auch nicht im Laufschritt, und schaffen bestimmt drei bis vier Kilometer in der Stunde.«

»Ich hätte nie gedacht …«

Das Glas Wasser. Der gelbe Stuhl im Park und die Lektüre der Pariser Tageszeitungen, die gerade eingetroffen waren. Das Mittagessen im weiß gehaltenen Speisesaal, wo auf manchen Tischen eine angebrochene Flasche Wein stand, auf dem Etikett der Name des Gastes. Auf Maigrets Tisch stand keine.

»Hat er dir den Wein verboten?«

»Nicht direkt. Aber wenn ich schon mal eine Kur mache …«

Sie wunderte sich immer aufs Neue, wie gewissenhaft er seine Kur betrieb und dabei trotzdem heiter blieb.

Bevor die Routine wieder einsetzte, gönnte er

sich ein Schläfchen. Diesmal schlenderten sie durch die Geschäftsstraßen auf der anderen Seite der Stadt, wo sie in der Menschenmenge auf den Bürgersteigen immer wieder voneinander getrennt wurden.

»Ist dir aufgefallen, wie viele Fußpfleger und Orthopäden es hier gibt?«

»Wenn alle so viel spazieren gehen wie wir!«

An diesem Abend fand das Konzert nicht im Musikpavillon, sondern im Garten des Grand Casino statt. Anstatt der Blasmusik erklang ein Streichkonzert, dessen Erhabenheit sich in den Gesichtern der Zuhörer spiegelte.

Die Dame in Lila sahen sie dort nicht. Sie begegneten ihr auch nicht auf den Alleen im Park, stattdessen trafen sie die beiden Heiteren. Sie waren sorgfältiger gekleidet als sonst und gingen zügig Richtung Theater, wo ein Lustspiel gegeben wurde.

Das Messingbett. Die Zeit verging erstaunlich schnell, wenn man nichts tat. Die Croissants, der Kaffee, die in Papier eingewickelten Zuckerstücke, die Tageszeitung aus Clermont-Ferrand.

Noch im Pyjama, rauchte Maigret in seinem Sessel am Fenster die erste Pfeife. Er hatte noch etwas Kaffee in der Tasse, den er sich so lange wie möglich aufsparte.

Als er einen Laut des Erstaunens ausstieß, kam Madame Maigret in ihrem blau geblümten Morgenmantel mit der Zahnbürste in der Hand aus dem Badezimmer.

»Was ist denn los?«

»Schau …«

Auf der ersten Regionalseite prangte ein Foto der Dame in Lila. Es musste schon ein paar Jahre alt sein. Sie sah jünger aus und hatte sich für den Fotografen ein dünnes Lächeln abgerungen.

»Was ist mit ihr?«

»Sie ist ermordet worden.«

»Letzte Nacht?«

»Wenn der Mord in der letzten Nacht passiert wäre, könnte die Zeitung nicht heute Morgen schon darüber berichten. In der Nacht davor.«

»Wir haben sie aber doch am Abend noch am Musikpavillon gesehen.«

»Ja, gegen neun. Sie ist von dort in die Rue du Bourbonnais gegangen, ganz in der Nähe. Ich habe ja nicht geahnt, dass wir praktisch Nachbarn waren … Sie hat noch die Zeit gehabt, Schal und Hut abzulegen und über den Flur links in ihren Salon zu gehen …«

»Wie hat man sie umgebracht?«

»Sie ist erwürgt worden. Gestern Morgen haben sich ihre Mieter gewundert, dass im Erdgeschoss alles still war.«

»Demnach war sie kein Kurgast?«

»Sie wohnte das ganze Jahr über in Vichy. Das

Haus gehörte ihr, die Zimmer im ersten Stock hat sie möbliert vermietet.«

Maigret blieb sitzen, und seine Frau wusste, welche Überwindung ihn das kostete.

»Glaubst du, es war ein Raubmord?«

»Der Mörder hat alles durchwühlt, scheint aber nichts mitgenommen zu haben. In einer der herausgezogenen Schubladen lagen mehrere Schmuckstücke und Geld …«

»Sie ist doch nicht …«

»Vergewaltigt worden? Nein.«

Er blickte schweigend zum Fenster.

»Weißt du, wer die Ermittlungen führt?«

»Natürlich nicht. Der Leiter der Kriminalpolizei in Clermont-Ferrand ist Lecœur, einer meiner ehemaligen Inspektoren … Wenn er wüsste, dass ich hier bin.«

»Willst du zu ihm gehen?«

Er antwortete nicht sofort.

2

Um fünf vor neun hatte Maigret die Frage seiner Frau noch immer nicht beantwortet. Als hinge seine Ehre davon ab, sich genauso zu verhalten wie an den anderen Tagen und ihrer Vichy-Routine ohne die geringste Abweichung zu folgen.

Er hatte die Zeitung durchgelesen, während er seinen Kaffee austrank, hatte sich rasiert und gebadet und dabei wie immer die Nachrichten im Radio gehört. Um fünf Minuten vor neun war er bereit, und sie gingen zusammen die Treppe mit dem roten Läufer und den Messingstangen hinunter.

Der Hotelier, in weißem Jackett, eine Kochmütze auf dem Kopf, fing sie im Flur ab.

»Also wirklich, Monsieur Maigret, was man nicht alles für Sie tut in Vichy! Man bietet Ihnen sogar ein richtig schönes Verbrechen.«

Maigret rang sich ein flüchtiges Lächeln ab.

»Sie werden sich doch hoffentlich darum kümmern?«

»Was außerhalb von Paris geschieht, fällt nicht in meine Zuständigkeit.«

Madame Maigret beobachtete ihn verstohlen. Sie

glaubte, er würde es nicht merken, aber es war ihm nicht entgangen. Statt die Rue d'Auvergne Richtung Fluss und Spielplatz hinunterzugehen, bog er mit Unschuldsmiene rechts ab.

Natürlich nahmen sie hin und wieder einen anderen Weg, aber nur bei ihrer Rückkehr. Sie bewunderte seinen Orientierungssinn. Er hatte nie einen Stadtplan studiert. Er schien aufs Geratewohl bald hierhin, bald dorthin zu spazieren, durch kleine Gassen, die ihn scheinbar von seinem Ziel abbrachten, und sie war jedes Mal überrascht, wenn sie plötzlich die Fassade ihres Hotels und die beiden Lorbeerbäumchen in den grünen Kübeln vor sich auftauchen sah.

Nun bog er wieder rechts ab, und noch einmal, und dann standen auf dem Gehsteig etwa fünfzehn Schaulustige, die zur anderen Straßenseite blickten.

Ein kleines Leuchten trat in Madame Maigrets Augen. Der Kommissar schien zu zögern, überquerte die Straße, blieb stehen, um seine Pfeife am Absatz auszuklopfen und um sich gemächlich eine neue zu stopfen. Er wirkte auf sie wie ein großes Kind, und in solchen Augenblicken konnte sie die Zärtlichkeit, die sie für ihn empfand, kaum zurückhalten.

Er rang mit sich. Schließlich mischte er sich unter die Neugierigen, als wüsste er nicht längst, wo er sich befand, und betrachtete ebenfalls das Haus gegenüber. Ein Auto stand davor, und gleich daneben hielt ein Polizist Wache.

Es war ein schickes Haus, wie die meisten Häuser in der Straße. Die Fassade war vor nicht allzu langer Zeit gestrichen worden, in Weiß mit einer Nuance Rosa. Die Fensterläden und der Balkon leuchteten mandelgrün.

Auf einem Marmorschild stand in phantasievoll geschwungener Schrift: *Villa Iris.*

Madame Maigret ahnte, was ihren Mann umtrieb. Er hatte nicht zum Präsidium gehen wollen, so wie er sich jetzt scheute, die Straße zu überqueren, dem Polizisten zu sagen, wer er war, und sich in das Haus führen zu lassen.

Der Himmel war wolkenlos, die Straße sauber und die Luft klar, leicht und heiter. Ein paar Häuser weiter klopfte eine Frau am Fenster ihre Teppiche aus und blickte dabei mitleidig auf die Neugierigen herab. Bestimmt hatte sie sich am Vorabend, als das Verbrechen entdeckt worden und die Polizei herbeigeeilt war, selbst unter die Nachbarn gemischt, um die Fassade zu betrachten, die sie doch schon seit Jahren kannte.

Kommentare wurden ausgetauscht.

»Angeblich war es eine Liebestragödie.«

»Na, hören Sie mal, sie war fast fünfzig!«

Im ersten Stock zeichnete sich hinter der Fensterscheibe ein Gesicht ab, dunkles Haar, eine spitze

Nase, und hin und wieder tauchte im Hintergrund die undeutliche Gestalt eines noch jungen Mannes auf.

Die Tür war weiß. Ein Milchwagen fuhr die Straße entlang, und vor den meisten Hauseingängen wurden Milchflaschen abgestellt. Mit einer Flasche in der Hand ging der Fahrer auf die weiße Tür zu. Der Polizist sagte etwas zu ihm, wahrscheinlich dass es nicht mehr nötig sei, aber der Mann zuckte mit den Schultern und stellte die Flasche trotzdem hin.

Ob nicht endlich jemand den Kommissar erkennen würde? Er konnte nicht ewig dort stehen …

Als er schon weitergehen wollte, erschien in der Tür ein großer junger Mann mit struppigem Haar. Er überquerte die Straße und ging direkt auf Maigret zu.

»Der Hauptkommissar würde Sie gern sprechen.«

Seiner Frau gelang es kaum, ihr Lächeln zu unterdrücken.

»Wo soll ich auf dich warten?«, fragte sie.

»Am üblichen Platz vor der Quelle.«

Hatte man ihn durchs Fenster erkannt? Mit Würde überquerte er die Straße und bemühte sich um einen missmutigen Gesichtsausdruck. Im Flur war es kühl. Zur Rechten stand ein Kleiderständer aus Bambus, an dem zwei Hüte hingen. Er hängte seinen dazu. Es war ein Strohhut, den er auf Anraten seiner Frau zusammen mit dem cremeweißen Jackett gekauft hatte und für den er sich ein wenig schämte.

»Kommen Sie herein, Chef.«

Eine heitere, vertraute Stimme, ein Gesicht und eine Gestalt, die Maigret sofort erkannte.

»Lecœur!«

Sie hatten sich seit fünfzehn Jahren nicht gesehen, seit jener Zeit, da Désiré Lecœur noch einer von Maigrets Inspektoren am Quai des Orfèvres gewesen war.

»Nun ja, Chef, man wird älter, bekommt einen Bauch und wird befördert. Ich bin jetzt Hauptkommissar in Clermont-Ferrand, was mir unter anderem diese scheußliche Geschichte hier beschert hat. Kommen Sie doch herein.«

Er führte ihn in einen kleinen Salon, in dem bläuliche Rauschschwaden hingen, und setzte sich an einen Tisch, der ihm als Schreibtisch diente und mit Papieren bedeckt war.

Maigret nahm vorsichtig auf der Kopie eines zierlichen Louis-XVI-Sessels Platz, und Lecœur musste die Frage in seinen Augen gelesen haben, denn er beeilte sich zu sagen:

»Sie wundern sich vermutlich, wie ich erfahren habe, dass Sie hier sind. Erstens hat Moinet, den Sie nicht kennen und dem die Polizei in Vichy untersteht, Ihren Namen auf den Meldezetteln der Hotels gesehen … Er hat natürlich nicht gewagt, Sie zu stören, aber seine Männer sehen Sie jeden Tag vorbeigehen … Scheint so, als würden sich selbst die Polizisten am Strand fragen, wann Sie sich endlich dazu entschließen werden, Boule zu spielen. Sie scheinen sich jeden Morgen etwas mehr dafür zu begeistern, sodass …«

»Sind Sie gestern eingetroffen?«

»Aus Clermont-Ferrand, natürlich. Mit zwei von meinen Männern. Einer von ihnen ist der junge Dicelle, der Sie eben hereingebeten hat.

Ich wollte Sie eigentlich aus dem Spiel lassen. Sie sind schließlich zur Kur hier und nicht, um uns zu unterstützen. Außerdem wusste ich, dass Sie, wenn es Sie interessiert, früher oder später …«

Maigret war es nun wirklich gelungen, missmutig auszusehen.

»Raubmord?«, murmelte er.

»Bestimmt nicht.«

»Eifersucht?«

»Das ist wenig wahrscheinlich. Auch wenn ich nach vierundzwanzig Stunden kaum mehr weiß als bei meiner Ankunft gestern Morgen …«

Er kramte in seinen Papieren.

»Das Opfer heißt Hélène Lange. Sie war achtundvierzig Jahre alt und ist in Marsilly geboren, etwa zehn Kilometer von La Rochelle entfernt. Ich habe im Rathaus in Marsilly angerufen und erfahren können, dass ihre früh verwitwete Mutter lange Zeit ein Kurzwarengeschäft an der Place de l'Église geführt hat.

Sie hatte zwei Töchter. Hélène war die ältere und hat sich in La Rochelle zur Sekretärin ausbilden lassen. Sie war eine Zeit lang bei einer Reederei beschäftigt und ging schließlich nach Paris. Dort verliert sich ihre Spur.

Da sie nie eine Geburtsurkunde beantragt hat, ist anzunehmen, dass sie nicht verheiratet war. Laut ihrem Personalausweis ist sie ledig.

Ihre sechs oder sieben Jahre jüngere Schwester ist Maniküre, ebenfalls in La Rochelle. Wie die Ältere ist sie nach Paris gegangen und nach etwa zehn Jahren zurückgekehrt.

Sie muss etwas Geld gespart haben, von dem sie sich an der Place d'Armes einen Friseursalon kaufen konnte, den sie immer noch betreibt. Ich habe versucht, sie anzurufen, aber nur ihre Aushilfe sprechen können. Sie ist augenblicklich im Urlaub auf den Balearen. Ich habe ihr ein Telegramm ins Hotel geschickt und sie gebeten, sofort herzukommen. Ich erwarte sie im Laufe des Tages.

Diese Schwester, Francine, ist auch nicht verheiratet. Die Mutter ist vor acht Jahren gestorben. Andere Verwandte scheint es nicht zu geben.«

Maigret hatte sich unwillkürlich wieder in den Kommissar verwandelt. Man hätte meinen können, er leite die Ermittlungen und einer seiner Mitarbeiter erstatte ihm Bericht in seinem Büro.

Es fehlten nur die Pfeifen auf dem Schreibtisch, mit denen er in Situationen wie diesen herumspielte, der Ausblick auf die Seine, wenn er durchs Fenster sah, und sein schwerer Lehnsessel.

Während Lecœur sprach, waren Maigret im Salon zwei oder drei Details aufgefallen. Es befanden sich dort ausschließlich Fotografien von Hélène Lange. Auf einer Truhe stand ein Bild von ihr als Fünf- oder Sechsjährige, mit zwei dünnen Zöpfen und in einem viel zu langen Kleid.

Ein größeres Porträt an der Wand, das ein guter Fotograf aufgenommen haben musste, zeigte sie als Zwanzigjährige in einer romantischen Pose und mit verklärtem Blick.

Eine dritte Fotografie zeigte sie am Meer. Anstatt eines Badeanzugs trug sie ein weißes Kleid, das die Brise wie eine Fahne nach links wehen ließ, und hielt mit beiden Händen einen hellen Hut mit breiter Krempe.

»Wissen Sie, wann und wie der Mord begangen worden ist?«

»Es ist schwer, die Ereignisse zu rekonstruieren. Wir arbeiten seit gestern Morgen daran, sind aber bis jetzt nicht weit gekommen.

Vorgestern, am Montagabend, hat Hélène Lange allein in ihrer Küche gegessen. Dann hat sie abgespült, denn wir haben keinen schmutzigen Teller gefunden. Sie hat sich angezogen, alle Lichter gelöscht und das Haus verlassen. Falls es Sie interessiert, sie hat zwei weich gekochte Eier gegessen. Sie trug ein lilafarbenes Kleid und einen Schal aus weißer Wolle und einen weißen Hut.«

Maigret zögerte, konnte sich aber nicht beherrschen anzumerken:

»Ich weiß.«

»Haben Sie schon Nachforschungen angestellt?«

»Nein. Aber am Montagabend habe ich sie bei einem Konzert vor dem Musikpavillon gesehen.«

»Wissen Sie, wann sie den Park verlassen hat?«

»Nein. Meine Frau und ich sind schon vor halb zehn gegangen, um unseren Abendspaziergang zu machen.«

»War sie allein?«

»Sie war immer allein.«

Lecœur versuchte gar nicht erst, sein Erstaunen zu verbergen.

»Sie haben sie häufiger gesehen?«

Maigret, der sich allmählich etwas freundlicher zeigte, nickte.

»Wieso?«

»Hier verbringt man seine Zeit damit, spazieren zu gehen, und kann gar nicht anders, als sich gegenseitig zu beobachten. Man trifft sich immer wieder, begegnet sich zur selben Zeit am selben Ort.«

»Haben Sie eine Idee?«

»Wovon?«

»Was für eine Art Frau sie war.«

»Auf jeden Fall keine ganz gewöhnliche Frau, mehr kann ich nicht sagen.«

»Nun gut, also weiter. Zwei der drei Zimmer im ersten Stock sind vermietet. In dem ersten wohnt ein Ingenieur aus Grenoble namens Maleski mit seiner Frau. Sie haben wenige Minuten nach Mademoiselle Lange das Haus verlassen, waren im Kino und sind erst um halb zwölf zurückgekommen. Alle Fensterläden waren wie gewöhnlich geschlossen, aber durch die Ritzen der Läden im Erdgeschoss drang Licht. Im Flur haben sie dann auch unter der Tür des Salons einen Lichtschein bemerkt und ebenso unter der von Mademoiselle Langes Schlafzimmer, das rechts vom Flur abgeht.«

»Haben sie nichts gehört?«

»Maleski hat nichts gehört. Seine Frau hat, wenn auch nach einigem Zögern, gesagt, sie habe Stimmengemurmel vernommen. Sie sind gleich darauf zu Bett gegangen und erst am nächsten Morgen wieder aufgewacht.

Die andere Mieterin heißt Madame Vireveau. Sie ist Witwe und wohnt in Paris in der Rue Lamarck. Eine imposante Erscheinung von etwa sechzig Jahren. Jedes Jahr kommt sie nach Vichy, um ein paar Kilo abzunehmen. Sie hat zum ersten Mal bei Mademoiselle Lange ein Zimmer gemietet. In den Jahren zuvor ist sie in einem Hotel abgestiegen.

Sie scheint früher in sehr komfortablen Verhältnissen gelebt zu haben, hatte einen reichen Ehemann, der aber ungemein verschwenderisch war und sie in einer schwierigen Lage zurückgelassen hat. Kurz gesagt, sie ist mit falschem Schmuck behängt und spricht wie in einem schlechten Theaterstück. Um neun Uhr ist sie weggegangen, es war dunkel im Haus, und sie hat niemanden gesehen.«

»Hat jeder Mieter einen Hausschlüssel?«

»Ja. Die Witwe Vireveau hat sich zum Bridgeclub im Carlton begeben und ist dort kurz vor Mitternacht wieder aufgebrochen. Sie ist wie immer zu Fuß zurückgegangen. Sie hat keinen Wagen. Die Maleskis haben ein kleines Auto, benutzen es aber während ihres Aufenthalts in Vichy nur selten. Es steht die meiste Zeit in einer Garage hier in der Gegend.«

»Brannte noch Licht bei ihrer Rückkehr?«

»Moment, Chef … Ich habe die Vireveau natürlich erst verhören können, als der Mord entdeckt und die ganze Straße in Aufruhr war. Ich weiß nicht, ob sie so viel Phantasie hat wie Freude an falschen Perlen. Sie behauptet, dass sie an der Straßenecke, das heißt Ecke Boulevard de La-Salle und Rue du Bourbonnais, fast mit einem Mann zusammengestoßen ist. Er habe sie nicht kommen sehen, und sie schwört, er sei zusammengefahren und habe sich die Hand vors Gesicht gehalten, um nicht erkannt zu werden.«

»Und sie hat ihn trotzdem erkannt!«

»Nein. Sie versichert aber, sie würde ihn bei einer Gegenüberstellung sofort erkennen. Er war sehr groß und sehr kräftig. Eine mächtige Gorillabrust, sagt sie. Er ging vorgebeugt und sehr schnell. Trotz ihrer Angst hat sie sich noch einmal nach ihm umgedreht und gesehen, dass er weiter stadteinwärts lief.«

»Wie alt war der Mann?«

»Nicht alt, nicht jung … sehr kräftig … angsteinflößend. Sie sei fast gerannt und habe sich erst wieder beruhigt, als ihr Schlüssel im Schloss steckte.«

»Brannte da noch Licht im Erdgeschoss?«

»Nein, eben nicht mehr. Soweit man sich auf diese Zeugenaussage verlassen kann. Sie hat nichts gehört. Als sie zu Bett ging, war sie noch immer so aufgeregt, dass sie einen Teelöffel Pfefferminzlikör auf einem Stück Zucker genommen hat.«

»Wer hat die Leiche entdeckt?«

»Darauf komme ich noch, Chef. Mademoiselle Lange wollte ihre Zimmer an anständige Leute vermieten, beköstigte sie aber nicht. Sie erlaubte ihnen auch nicht zu kochen und duldete nicht einmal, dass sie sich morgens Kaffee auf einem Spirituskocher bereiteten.

Gestern Morgen um acht Uhr ist Madame Maleski mit ihrer Thermosflasche hinuntergegangen, um sie wie jeden Morgen in einem Café in der Nähe mit Kaffee füllen zu lassen und Croissants zu kaufen. Sie hat nichts Auffälliges bemerkt, auch bei ihrer Rückkehr nicht. Überrascht hat sie nur, dass es totenstill war, besonders als sie wieder zurückkam. Mademoiselle Lange stand offenbar immer früh auf, und man konnte hören, wie sie von einem Zimmer ins andere ging.

Beim Frühstück mit ihrem Mann fragte sich Madame Maleski, ob Mademoiselle vielleicht krank sei.

Die Vermieterin klagte häufig über ihre Gesundheit. Um neun Uhr ist das Ehepaar hinuntergegangen, während Madame Vireveau noch in ihrem Zimmer war. Im Flur trafen sie auf Charlotte, die ganz außer sich war.«

»Charlotte?«

»Eine junge Hausangestellte, die jeden Morgen von neun bis zwölf die Zimmer macht. Sie kommt mit dem Fahrrad aus einem etwa zehn Kilometer entfernten Dorf und hat ein schlichtes Gemüt.

›Die Türen sind ja alle abgeschlossen‹, hat sie zu den Maleskis gesagt.

Sonst waren die Türen und Fenster im Erdgeschoss immer weit geöffnet, wenn sie eintraf, denn Mademoiselle Lange beklagte sich gern über den Mangel an frischer Luft.

›Haben Sie denn keinen Schlüssel?‹

›Nein … Wenn sie nicht da ist, kann ich auch gleich wieder umkehren.‹

Maleski hat vergeblich versucht, die Tür mit seinem Zimmerschlüssel zu öffnen. Schließlich hat er aus dem Café, in dem seine Frau kurz zuvor den Kaffee geholt hatte, die Polizei angerufen.

Das ist so ziemlich alles. Bald darauf ist der Polizeioffizier von Vichy mit einem Schlosser erschienen. Der Schlüssel zum Salon fehlte. Die Küchentür und die Schlafzimmertür waren von innen abgeschlossen, die Schlüssel steckten.

In diesem Zimmer hier lag Hélène Lange auf dem Teppichrand, erstickt. Und es war kein schöner Anblick, jemand hatte sie erwürgt. Sie trug noch ihr lilafarbenes Kleid, aber ihren Schal und ihren Hut hatte sie abgelegt. Beides hing im Flur am Kleiderständer. Alle Schubladen waren herausgezogen, und Papiere und Pappkartons lagen verstreut auf dem Fußboden.«

»Vergewaltigung?«

»Nicht einmal der Versuch. Soviel wir wissen, ist auch nichts gestohlen worden. Der Bericht in der heutigen *Tribune* entspricht ziemlich genau den Tatsachen. In einer Schublade haben wir fünf Hundertfrancscheine gefunden. Die Handtasche des Opfers ist durchwühlt und der Inhalt wie alles Übrige verstreut worden, darunter auch vierhundert Franc in Zehn- und Zwanzigfrancscheinen, Kleingeld und ein Abonnement für das Theater im Grand Casino.«

»Gehört ihr dieses Haus schon lange?«

»Sie hat es vor neun Jahren gekauft. Davor hat sie lange in Nizza gewohnt.«

»Hat sie dort gearbeitet?«

»Nein. Sie wohnte in einer recht bescheidenen Wohnung in der Nähe des Boulevard Albert I. und schien von ihren Zinsen zu leben.«

»Ist sie oft verreist?«

»Nur kurze Reisen von ein bis zwei Tagen. Etwa jeden Monat.«

»Und wohin?«

»Darüber hat sie sich ausgeschwiegen.«

»Und hier?«

»In den ersten beiden Jahren hat sie keine Zimmer vermietet, dann drei Zimmer während der Saison, aber sie waren nicht immer alle belegt. So wie es jetzt der Fall ist. Das blaue Zimmer ist frei. Es gibt nämlich das weiße, das rosa und das blaue Zimmer.«

Maigret fiel noch etwas auf: Es gab nicht den geringsten grünen Farbtupfer, nicht *einen* grünen Gegenstand, weder Kissen noch Nippes.

»War sie abergläubisch?«

»Woher wissen Sie das? Einmal war sie erbost darüber, dass Madame Maleski einen Nelkenstrauß mitgebracht hatte. Sie hat ihr klar und deutlich gesagt, dass sie diese Unglücksblumen nicht im Haus dulde.

Sie hat Madame Vireveau darauf hingewiesen, dass es unvorsichtig von ihr sei, ein grünes Kleid zu tragen, und sie das bestimmt teuer zu stehen käme.«

»Hat sie Besuch bekommen?«

»Nach Aussage der Nachbarn nicht.«

»Und Post?«

»Hin und wieder einen Brief aus La Rochelle. Der Briefträger ist bereits vernommen worden. Prospekte, Rechnungen von Geschäften in Vichy.«

»Hatte sie ein Bankkonto?«

»Beim Crédit Lyonnais, an der Ecke der Rue Georges-Clemenceau.«

»Sie waren natürlich dort?«

»Sie zahlte regelmäßig Geldbeträge ein, etwa fünftausend Franc im Monat, aber nicht immer am gleichen Tag.«

»In bar?«

»Ja. In der Saison waren die eingezahlten Summen höher, wegen der Miete ihrer Gäste.«

»Schrieb sie manchmal Schecks aus?«

»Vor allem in Geschäften, meistens in Vichy oder Moulins, wohin sie von Zeit zu Zeit fuhr ... Manchmal bezahlte sie auch mit einem Scheck Sachen, die sie aus einem Versandkatalog in Paris bestellte ... Dort in der Ecke finden Sie einen ganzen Stapel Kataloge.«

Lecœur beobachtete den Kommissar, der in seinem weißen Jackett ganz anders aussah als der Mann vom Quai des Orfèvres.

»Was halten Sie von alldem, Chef?«

»Ich muss gehen. Meine Frau wartet auf mich …«

»Und Ihr erstes Glas Wasser!«

»Weiß das die Polizei von Vichy auch schon?«, grummelte er.

»Kommen Sie wieder? Die Kriminalpolizei hat in Vichy kein Büro. Ich fahre jeden Abend mit dem Wagen zurück nach Clermont-Ferrand, das sind nur etwa sechzig Kilometer. Der Polizeichef von Vichy hat mir ein Zimmer und ein Telefon zur Verfügung angeboten, aber ich arbeite lieber vor Ort … Meine Männer versuchen herauszufinden, ob Nachbarn oder Passanten Mademoiselle Lange gesehen haben könnten, als sie am Montagabend zurückkam. Denn wir wissen nicht, ob sie in Begleitung war oder ob sie hier jemanden angetroffen hat oder …«

»Entschuldigen Sie, mein Lieber. Meine Frau …«

»Ja, natürlich, Chef.«

Maigret war zwischen Neugier und Kurroutine hin- und hergerissen. Es ärgerte ihn ein wenig, dass er beim Verlassen des Hôtel de la Bérézina nach rechts abgebogen war statt nach links. Wie jeden Morgen hätte er sich dann eine Weile auf dem Spielplatz aufgehalten und danach, ein Stückchen weiter, den Boulespielern zugesehen.

War Madame Maigret ihre vormittägliche Runde allein gegangen? Ob sie all die Orte aufgesucht hatte, an denen sie sonst gemeinsam verweilten?

»Soll ich Sie nicht hinfahren? Mein Wagen steht vor der Tür, und der kleine Dicelle wird nichts lieber tun, als ...«

»Danke. Ich bin hier, um zu Fuß zu gehen.«

Und er ging allein, schnellen Schrittes, um die verlorene Zeit aufzuholen.

Er hatte sein erstes Glas Wasser getrunken und saß wieder an seinem angestammten Platz zwischen der verglasten Halle an der Quelle und dem ersten Baum. Er spürte, dass seiner Frau, auch wenn sie ihm keine Fragen stellte, keine seiner Gesten und nicht die geringste Regung in seinem Gesicht entging.

Die Zeitung auf dem Schoß, blickte er durch das stille Blätterdach in den noch immer klaren blauen Himmel, über den eine strahlend weiße kleine Wolke segelte.

In Paris klagte er manchmal darüber, dass ihm gewisse Empfindungen abhandengekommen seien: ein warmer Windhauch, der seine Wange streichelte, das Lichtspiel in den Blättern oder auf den Kieswegen, das Knirschen von Kies unter seinen Sohlen, selbst der Geschmack von Staub ...

Hier vollzog sich das Wunder. Während er noch über sein Gespräch mit Lecœur nachdachte, fühlte er sich in der Stimmung des Ortes aufgehoben, und ihm entging nichts von dem, was um ihn herum vor sich ging.

Dachte er wirklich nach? Träumte er? Wie überall sah man Familien vorbeispazieren, aber die älteren Paare waren in der Überzahl.

Gab es unter denen, die allein waren, mehr Männer oder mehr Frauen? Die Frauen, vor allem die älteren, neigten dazu, sich zusammenzutun. Man sah, wie sie sechs oder acht Stühle in einem Kreis aufstellten und die Köpfe zusammensteckten, als ob sie sich Geheimnisse anvertrauten, obwohl sie sich erst seit wenigen Tagen kannten.

Wer weiß? Vielleicht tauschten sie tatsächlich Vertraulichkeiten aus. Erzählten von ihren Leiden, ihrem Arzt, ihrer Behandlung und schließlich von ihren verheirateten Kindern und Enkeln, deren Fotos sie aus der Handtasche hervorzogen.

Selten hielt sich jemand abseits wie die Dame in Lila, deren Namen er jetzt kannte.

Die Einzelgänger waren vor allem Männer, die häufig von Erschöpfung oder Krankheit gezeichnet waren, bemüht, mit Würde durch die Menschenmenge zu schreiten. Dennoch lag in ihren Gesichtszügen, in ihren Augen eine Art Verzweiflung und Traurigkeit, die stille Angst, zwischen den Beinen der Vorübergehenden auf einem Schatten- oder Sonnenfleck zusammenzubrechen.

Hélène Lange war eine Einzelgängerin, und ihre Haltung verriet Stolz. Sie wollte nicht als alte Jungfer gelten und schon gar nicht bemitleidet werden. Sie ging aufrecht, mit leichtem Schritt und erhobenem Kinn.

Sie verkehrte mit niemandem, hatte nicht das geringste Bedürfnis, sich durch vertrauliche Plattitüden Geist und Seele zu erleichtern.

Maigret fragte sich, ob es eine selbstgewählte Einsamkeit war. Er rätselte, versuchte sie sich vorzustellen, im Sitzen, Stehen, reglos oder in Bewegung.

»Gibt es schon eine Spur?«

Madame Maigret begann auf seine traumverlorene Abwesenheit eifersüchtig zu werden. In Paris hätte sie nicht gewagt, ihn während einer Ermittlung auszufragen. Aber hier gingen sie stundenlang Seite an Seite spazieren. War es ihnen da nicht zur Gewohnheit geworden, laut zu denken?

Sie hatten keine tiefen Gespräche geführt, keine eindeutigen Fragen gestellt und Antworten erwartet, fast immer genügten ein paar Worte oder eine Bemerkung, um anzudeuten, was in ihnen vorging.

»Nein. Sie warten auf die Schwester.«

»Hat sie sonst keine Verwandten?«

»Anscheinend nicht.«

»Es ist Zeit für dein zweites Glas.«

Sie gingen in die gläserne Halle, wo die Köpfe der Mädchen über den Rand der Grube, aus der sie das

Heilwasser schöpften und ausschenkten, herausragten. Hélène Lange war jeden Tag hergekommen, um Heilwasser zu trinken. Hatte ihr Arzt es ihr verordnet, oder tat sie es nur, um ein Ziel für ihren Spaziergang zu haben?

»Woran denkst du?«

»Ich frage mich, warum ausgerechnet Vichy.«

Es waren beinahe zehn Jahre vergangen, seitdem sie sich in dieser Stadt ein Haus gekauft hatte. Demnach war sie damals siebenunddreißig Jahre alt und schien es nicht nötig gehabt zu haben, sich ihren Lebensunterhalt zu verdienen, denn in den ersten beiden Jahren hatte sie keines der Zimmer im ersten Stock vermietet.

»Warum denn nicht?«, fragte Madame Maigret.

»Es gibt Hunderte von kleinen und mittelgroßen Städten in Frankreich, wo sie sich hätte niederlassen können, ganz zu schweigen von La Rochelle, wo sie ihre Kindheit und Jugend verbracht hat. Ihre Schwester, die eine Zeit lang in Paris gelebt hat, ist nach La Rochelle zurückgekehrt und dort geblieben.«

»Vielleicht verstanden sich die beiden Schwestern nicht.«

So einfach war es nicht. Maigret beobachtete weiterhin den Strom der Passanten, und ihre Gangart erinnerte ihn an ein ähnliches, nicht enden wollendes Defilee, anderswo, in der heißen Sonne. In

Nizza, auf der Promenade des Anglais. Denn ehe sie nach Vichy zog, hatte Hélène Lange fünf Jahre in Nizza gelebt.

»Sie hat fünf Jahre in Nizza gelebt«, sagte er laut.

»Viele kleine Rentner ...«

»Richtig, kleine Rentner, aber auch Menschen aus allen anderen Gesellschaftsschichten, genau wie hier ... Ich habe mich vorgestern gefragt, woran mich all die Menschen erinnern, die man im Park spazieren gehen oder auf Stühlen sitzen sieht ... Es ist wie am Strand in Nizza. Menschen von so verschiedener Herkunft, dass sie sich in der Masse gleichsam neutralisieren. Auch hier muss es Berühmtheiten und Kavaliere alter Schule geben oder gegeben haben, ehemalige Theatergrößen oder Filmstars. Wir haben ein Viertel mit prächtigen Villen entdeckt, wo man noch Kammerdiener in gestreifter Weste sieht. Auf den Hügeln erahnt man die Umrisse versteckter Luxusvillen. Wie in Nizza.«

»Was schließt du daraus?«

»Nichts. Sie war zweiunddreißig, als sie nach Nizza kam, und sie ist dort genauso allein gewesen wie hier. Im Allgemeinen beginnt die Einsamkeit später.«

»Vielleicht Liebeskummer?«

»Ja. Aber davon bekommt niemand so ein Gesicht.«

»Es gibt auch gescheiterte Ehen.«

»Fünfundneunzig Prozent der Frauen heiraten wieder.«

»Und die Männer?«

Er lächelte breit und fügte hinzu, ohne dass sie wusste, ob es sich um einen Scherz handelte:

»Hundert Prozent!«

Nizza hatte eine stark schwankende Einwohnerzahl. Es gab dort Filialen von Pariser Geschäften und mehrere Casinos. In Vichy kamen und gingen etwa alle drei Wochen Zehntausende neuer Kurgäste, und auch hier fand man die gleichen Geschäfte, drei Casinos und ein Dutzend Kinos.

Woanders hätte man sie gekannt, hätte sich für sie interessiert, ihr nachspioniert.

In Nizza nicht. Auch nicht in Vichy. Aber hatte sie etwas zu verbergen?

»Musst du noch einmal zu Lecœur?«

»Er hat mich eingeladen, ihn zu besuchen, wann immer ich möchte. Lecœur nennt mich immer noch ›Chef‹, wie damals, als er in meiner Abteilung war.«

»Das tun sie doch alle.«

»Stimmt. Aus Gewohnheit.«

»Nicht eher aus Zuneigung?«

Er zuckte mit den Schultern, und sie machten sich wieder auf den Heimweg. Diesmal gingen sie durch die Altstadt und blieben vor den Schaufenstern einiger Antiquitätengeschäfte stehen, in denen zuweilen rührende Gegenstände ausgestellt waren.

Sie wussten, dass die anderen Hotelgäste sie bei Tisch beobachteten, aber daran musste man sich eben gewöhnen. Maigret bemühte sich, so zu essen, wie Doktor Rian es ihm empfohlen hatte. Nichts hinunterschlingen, ehe er es gründlich gekaut hatte, nicht einmal Kartoffelpüree. Erst dann ein Stück mit der Gabel aufspießen, wenn er den vorhergehenden Bissen hinuntergeschluckt hatte. Nicht mehr als einen oder zwei Schluck Wasser trinken, allenfalls mit ein paar Tropfen Wein vermischt.

Da trank er lieber gar keinen Wein.

Wenn er nach dem Essen die Treppe hinaufging, erlaubte er sich ein paar Züge aus seiner Pfeife, ehe er sich angezogen zum Mittagsschlaf niederlegte. Durch die Läden drang so viel Licht herein, dass seine Frau im Sessel die Zeitung überfliegen konnte, und im Halbschlaf hörte er manchmal, wie sie raschelnd eine Seite umblätterte.

Er lag kaum zwanzig Minuten, da klopfte es an der Tür. Madame Maigret stürzte auf den Treppenabsatz hinaus und schloss die Tür hinter sich. Man hörte ein Flüstern, dann ging sie hinunter, kam aber schon nach wenigen Minuten wieder herauf.

»Das war Lecœur.«

»Irgendwelche Neuigkeiten?«

»Die Schwester ist gerade in Vichy angekommen. Sie hat sich zum Kommissariat begeben, und man wird sie zum Leichenschauhaus fahren, damit sie die Tote identifiziert. Lecœur erwartet sie in der Rue du Bourbonnais. Er fragte, ob du beim Verhör dabei sein möchtest.«

Maigret war schon aufgestanden, brummelte etwas vor sich hin und öffnete die Läden, um Licht und Leben einzulassen.

»Treffen wir uns bei der Quelle?«

Die Quelle, das zweite Glas, der schmiedeeiserne Stuhl – das war um fünf Uhr nachmittags.

»Es wird nicht so lange dauern. Warte lieber auf einer der Bänke in der Nähe der Boulespieler.«

Er überlegte, ob er seinen Strohhut aufsetzen sollte.

»Hast du Angst, dass man sich über dich lustig macht?«

Und wenn schon. Er setzte den Hut verwegen auf seinen Kopf, schließlich war er im Urlaub.

Noch immer blieben Schaulustige vor dem Haus stehen, das nach wie vor von einem Polizisten bewacht wurde. Sobald sie bemerkten, dass die Fenster geschlossen waren, gingen sie kopfschüttelnd weiter.

»Nehmen Sie Platz, Chef. Wenn Sie den Sessel in die Ecke ans Fenster stellen, können Sie sie in vollem Tageslicht sehen.«

»Sind Sie ihr noch nicht begegnet?«

»Ich habe gerade in einem übrigens ausgezeichneten Restaurant zu Mittag gegessen, als die Nachricht eintraf, dass sie im Kommissariat sei. Sie

werden sie gleich nach dem Leichenschauhaus hier-
herbringen.«

Durch die Tüllgardinen sahen sie tatsächlich, wie
ein uniformierter Polizist einen schwarzen Wagen
vorfuhr, gefolgt von einem langen, offenen roten
Auto. Das vorn sitzende Paar machte mit der ge-
bräunten Haut und dem zerzausten Haar den Eindruck, als wäre es übereilt aus den Ferien zurückgekehrt.

Die beiden steckten kurz die Köpfe zusammen
und besprachen etwas. Dann gab die Frau ihrem
Begleiter einen flüchtigen Kuss, stieg aus und schlug
die Tür zu. Der Mann blieb hinter dem Steuer sitzen
und zündete sich eine Zigarette an.

Er war dunkelblond, hatte ein markantes Gesicht
und athletische Schultern, die durch sein gelbes
Polohemd noch betont wurden. Er betrachtete das
Haus ohne einen Funken Neugier, während der Polizist die Frau in den Salon führte.

»Kommissar Lecœur. Ich nehme an, Sie sind Francine Lange?«

»Das ist richtig.«

Sie warf einen flüchtigen Blick auf Maigret, den
man ihr nicht vorstellte und der im Gegenlicht saß.

»Madame oder Mademoiselle?«

»Ich bin nicht verheiratet, wenn Sie das meinen.
Mein Freund, der unten im Wagen sitzt, lebt mit
mir zusammen. Aber ich kenne die Männer zu gut,

um zu heiraten. Danach hat man seine liebe Not, sie wieder loszuwerden.«

Sie war ein hübsches Wesen. Man sah ihr ihre vierzig Jahre nicht an, und sie brachte ihre aufreizenden Rundungen in dem kleinen bürgerlichen Salon deutlich zur Geltung. Sie trug ein dünnes feuerrotes Kleid, durch das man hindurchsehen konnte, und man hätte schwören mögen, sie rieche noch nach Meer.

»Das Telegramm hat mich gestern Abend erreicht. Lucien hat sich sofort um zwei Plätze für den nächstbesten Flug nach Paris gekümmert. In Orly haben wir den Wagen genommen. Wir hatten ihn bei unserer Abreise dort stehen lassen.«

»Ich gehe davon aus, dass es sich tatsächlich um Ihre Schwester handelt?«

Sie nickte kühl.

»Möchten Sie sich nicht setzen?«

»Danke. Darf ich rauchen?«

Sie blickte auf den Qualm, der aus Maigrets Pfeife stieg, als wollte sie sagen:

»Wenn der seine Stummelpfeife paffen kann, dann werde ich ja wohl eine Zigarette rauchen dürfen.«

»Bitte … Der Mord überrascht Sie sicherlich ebenso wie uns?«

»Natürlich war ich darauf nicht gefasst.«

»Hatte Ihre Schwester Feinde?«

»Warum sollte Hélène Feinde gehabt haben?«

»Wann haben Sie sie zum letzten Mal gesehen?«

»Vor sechs oder sieben Jahren. Genau weiß ich es nicht mehr. Ich erinnere mich noch, dass es Winter war und heftig stürmte. Sie hatte ihren Besuch nicht angekündigt, und ich war überrascht, als sie in aller Ruhe meinen Friseursalon betrat.«

»Haben Sie sich gut verstanden?«

»Wie sich Schwestern so verstehen. Durch den Altersunterschied blieben wir uns etwas fremd. Sie kam aus der Schule, als ich eingeschult wurde. Danach besuchte sie die Sekretärinnenschule in La Rochelle, lange bevor ich dort Maniküre wurde. Später hat sie die Stadt dann verlassen.«

»Wie alt war sie da?«

»Augenblick … Ich war ungefähr ein Jahr Lehrling, war also sechzehn … Zählen Sie sieben hinzu … Ja, sie war dreiundzwanzig.«

»Haben Sie sich geschrieben?«

»Kaum. In unserer Familie war das nicht üblich.«

»War Ihre Mutter da schon tot?«

»Nein. Sie ist zwei Jahre später gestorben, und Hélène war wegen der Erbteilung nach Marsilly gekommen. Es gab aber nicht viel zu teilen. Der Laden war keine zwei Sou wert.«

»Was hat Ihre Schwester in Paris gemacht?«

Maigret beobachtete sie unablässig und stellte sich zugleich die Gestalt und das Gesicht der Toten vor. Die beiden Frauen ähnelten sich kaum. Francine hatte weder das längliche Gesicht ihrer Schwester noch deren dunkle Augen. Ihre Augen waren blau, ihr Haar blond, vielleicht künstlich aufgehellt, denn vorne leuchtete eine seltsame grellrote Strähne.

Auf den ersten Blick war sie die unbefangene junge Frau, die ihre Kundinnen mit Überschwang begrüßte, sich sogar ein wenig derb gab. Sie versuchte nicht, vornehm zu erscheinen, sie betonte sogar das leicht Vulgäre, als ob es ihr Spaß machte.

Weniger als eine halbe Stunde nachdem sie den Leichnam ihrer Schwester im Leichenschauhaus betrachtet hatte, beantwortete sie fast heiter Lecœurs Fragen und schien, wie es ihre Natur war, mit ihm zu flirten.

»Was sie in Paris machte? Ich nehme an, sie war Sekretärin in einem Büro. Aber ich habe sie dort nie besucht. Wir waren uns nicht sehr ähnlich. Ich hatte schon mit fünfzehn einen Freund, der Taxifahrer war, und habe seitdem viele gehabt. Ich glaube nicht, dass sie genauso veranlagt war. Wenn doch, dann hat sie es jedenfalls geschickt verborgen.«

»An welche Adresse haben Sie ihr geschrieben?«

»Ich erinnere mich, dass ich ihr anfangs an ein Hotel in der Avenue de Clichy schrieb, aber den Namen habe ich vergessen. Sie ist sehr häufig umgezogen. Erst von einem Hotel ins andere und dann in eine Wohnung in der Rue Notre-Dame-de-Lorette. Die Hausnummer weiß ich nicht mehr.«

»Und als Sie selbst nach Paris kamen, haben Sie sie auch nicht besucht?«

»Doch … Eben in der Rue Notre-Dame-de-Lorette, und ich war erstaunt, dass sie eine so hübsche Wohnung hatte. Das habe ich ihr auch gesagt. Sie hatte ein schönes Schlafzimmer, das auf die Straße ging, ein Wohnzimmer, eine kleine Küche und ein richtiges Badezimmer.«

»Hat es in ihrem Leben einen Mann gegeben?«

»Das habe ich nicht herausbekommen. Ich wollte einige Tage bei ihr bleiben, bis ich ein Zimmer gefunden hätte, aber sie sagte, sie werde mich in einem sauberen und günstigen Hotel unterbringen, da sie nicht mit jemandem zusammenleben könne.«

»Selbst die drei oder vier Tage nicht?«

»So habe ich es verstanden.«

»Hat Sie das nicht überrascht?«

»Nicht sonderlich … Wissen Sie, mich überrascht so leicht nichts. Wenn die Leute mich tun lassen, was ich will, können sie es auch tun. Ich stelle keine Fragen.«

»Wie lange waren Sie in Paris?«

»Elf Jahre.«

»Die ganze Zeit als Maniküre?«

»Zuerst habe ich als Maniküre in verschiedenen kleinen Salons gearbeitet und dann in einem Grandhotel an den Champs-Élysées. Ich bin ausgebildete Kosmetikerin.«

»Lebten Sie allein?«

»Manchmal allein, dann wieder nicht.«

»Trafen Sie Ihre Schwester?«

»Eigentlich nie.«

»Sodass Sie fast nichts über ihr Leben in Paris wissen?«

»Ich weiß nur, dass sie gearbeitet hat.«

»Hatten Sie größere Ersparnisse, als sie nach La Rochelle zurückgekehrt sind, um den Salon zu übernehmen?«

»Genug.«

Er fragte sie nicht, wie sie dieses Geld verdient hatte. Sie sprach auch nicht weiter darüber, aber es hatte den Anschein, als ginge sie davon aus, dass sie sich verstanden.

»Und Sie sind nie verheiratet gewesen?«

»Darauf habe ich Ihnen schon geantwortet. Dazu bin ich nicht dumm genug.«

Sie wandte sich zum Fenster, durch das man ihren Begleiter sah, der am Steuer des roten Wagens posierte.

»Sehen Sie doch, wie schlau er wirkt.«

»Aber Sie leben doch mit ihm zusammen?«

»Er ist mein Angestellter, ein sehr guter Friseur übrigens. In La Rochelle leben wir getrennt, denn ich könnte ihn nicht Tag und Nacht um mich haben. Im Urlaub geht das ja noch …«

»Gehört der Wagen Ihnen?«

»Natürlich.«

»Hat er ihn ausgesucht?«

»Sie haben es erraten.«

»Hatte Ihre Schwester Kinder?«

»Warum fragen Sie mich das?«

»Na ja ... Sie war eine Frau.«

»Meines Wissens hatte sie keine ... Mir scheint, so etwas hätte man erfahren, oder nicht?«

»Und Sie?«

»Ich war schwanger, als ich noch in Paris lebte. Es ist jetzt fünfzehn Jahre her. Mein erster Gedanke war, das Kind nicht zu bekommen, und das wäre auch besser gewesen. Aber meine Schwester hat mir geraten, es auszutragen.«

»Sie haben sich zu jener Zeit also doch gesehen?«

»Ich bin deswegen zu ihr gegangen ... Ich wollte mit jemandem aus der Familie darüber sprechen. Das klingt vielleicht albern, aber es gibt Augenblicke, da erinnert man sich daran, dass man eine Familie hat ... Kurz, ich habe einen Sohn bekommen, Philippe. Ich habe ihn in den Vogesen in Pflege gegeben.«

»Warum die Vogesen? Haben Sie Verbindungen dorthin?«

»Nein. Hélène hat die Adresse in irgendeiner Zeitschrift gefunden. Ich habe ihn in zwei Jahren wohl zehnmal besucht. Er war bei den Leuten, sehr freundlichen Bauern, gut aufgehoben. Ihr Hof war sauber. Dann, eines schönen Tages haben sie mir mitgeteilt, er wäre in einem Tümpel ertrunken.«

Einen Moment blickte sie vor sich hin, dann zuckte sie mit den Schultern.

»Vielleicht war es das Beste für ihn …«

»Kennen Sie irgendjemanden, mit dem Ihre Schwester verkehrt hat, einen Freund oder eine Freundin?«

»Die wird sie wohl kaum gehabt haben. Schon in Marsilly hat sie auf die anderen Mädchen herabgesehen, sie nannten sie ›Prinzessin‹. In der Sekretärinnenschule in La Rochelle war es, glaube ich, das Gleiche.«

»War sie stolz?«

Sie zögerte, dachte nach, dann sagte sie:

»Ich weiß es nicht. Ich würde dieses Wort nicht wählen. Sie liebte die Menschen nicht. Ihr lag nichts am Kontakt mit ihnen. Sie blieb eben lieber allein …«

»Hat sie nie versucht, sich das Leben zu nehmen?«

»Warum? Glauben Sie, dass …«

Lecœur lächelte.

»Nein. Man kann sich ja nicht selbst erwürgen. Ich frage mich nur, ob sie nicht früher irgendwann versucht war, sich umzubringen …«

»Ganz bestimmt nicht. Sie mochte sich so, wie sie war … Im Grunde war sie sehr zufrieden.«

Bei diesen Worten war Maigret stutzig geworden.

Er sah die Dame in Lila wieder vor dem Musikpavillon sitzen. Damals hatte er vergeblich versucht, ihren Gesichtsausdruck zu deuten.

Francine war es soeben gelungen: Hélène mochte sich ganz gern!

Hélène mochte sich so sehr, dass es allein in ihrem Salon drei Fotos von ihr gab, und im Ess- und Schlafzimmer, in dem er noch nicht gewesen war, bestimmt noch einige mehr. Von niemand anderem. Keines von ihrer Mutter oder ihrer Schwester, von Freunden oder Freundinnen. Auch am Strand hatte sie nur sich selbst vor der Brandung fotografieren lassen.

»Nach dem neuesten Stand der Erkenntnisse sind Sie die einzige Erbin. Wir haben unter ihren Papieren kein Testament gefunden. Allerdings hat der Mörder sie im ganzen Zimmer verstreut, aber ich wüsste nicht, warum er ein Testament mitgenommen haben sollte. Ein Notar hat sich bis jetzt nicht gemeldet.«

»Wann findet die Beerdigung statt?«

»Das entscheiden Sie. Der Gerichtsmediziner hat den Leichnam untersucht, und er kann Ihnen übergeben werden, sobald Sie es wünschen.«

»Wo, glauben Sie, soll ich sie beisetzen lassen?«

»Ich habe keine Ahnung.«

»In Vichy kenne ich niemanden. In Marsilly würde das ganze Dorf an dem Begräbnis teilnehmen, aus reiner Neugier. Aber ich glaube kaum, dass sie gern dorthin zurückkehren würde … Wenn Sie mich nicht mehr brauchen, würde ich mir jetzt gern ein Hotelzimmer suchen und ein Bad nehmen … Ich werde es mir überlegen und morgen Vormittag …«

»Ich erwarte Sie also morgen Vormittag.«

Nachdem sie Lecœur die Hand gegeben hatte, wandte sie sich noch einmal zu Maigret um, als fragte sie sich, was er dort stumm in seiner Ecke zu suchen hätte, und sie runzelte die Stirn.

Hatte sie ihn erkannt?

»Bis morgen. Sie waren sehr freundlich …«

Man konnte beobachten, wie sie ins Auto stieg und sich zu ihrem Begleiter hinüberbeugte. Sie sprach ein paar Worte zu ihm, und gleich darauf setzte sich der Wagen in Bewegung.

Die beiden Männer blickten sich an, und Lecœur war der Erste, der zu sprechen begann und ein beinahe absurd klingendes »Und?« hervorbrachte.

Woraufhin Maigret an seiner Pfeife zog und antwortete:

»Ja, und?«

Er hatte keine Lust zu diskutieren und hatte auch die Verabredung mit seiner Frau bei den Boulespielern nicht vergessen.

»Bis morgen, mein Lieber.«

»Bis morgen.«

Draußen wurde er von einem Polizisten standes-
gemäß mit militärischem Gruß verabschiedet. Das
machte ihn allerdings auch nicht stolzer.

3

Wieder einmal saß er im grünen Sessel am offenen Fenster. Das Wetter hatte sich seit seiner Ankunft nicht verändert. Die Sonne stand prall am Himmel, nur am Morgen ging eine leichte Brise, wenn die städtischen Spritzwagen die Straßen mit Wasser sprengten, und am Tag war es unter den Bäumen, die überall Schatten spendeten, im Park, am Flussufer oder in den vielen Alleen angenehm frisch.

Er hatte seine drei Croissants gegessen. Die Kaffeetasse war noch halb voll. Nebenan ließ seine Frau ein Bad ein, und über seinem Kopf hörte er die Schritte der Gäste, die gerade aufgestanden waren.

Nicht ohne eine gewisse Selbstironie hielt er streng an seinen neuen Gewohnheiten fest. Wo immer er sich auch befand, entwickelte er eine Routine, der er sich unterwarf, als wäre sie ihm auferlegt worden.

Man könnte sagen, dass jede seiner Ermittlungen in Paris ihren eigenen Rhythmus, ihre kleinen Pausen in bestimmten Bistros oder Brasserien, ihre Gerüche und ihr eigenes Licht hatte.

Hier kam er sich weit mehr als Ferien- denn als Kurgast vor, und der Tod der Dame in Lila hatte sich lediglich im Hintergrund seines allzu bequemen Lebens ereignet.

Am Vorabend waren sie wie an allen anderen Abenden im Park spazieren gegangen und wie etwa hundert andere aus dem Dunkel in den Lichtschein der matten Glaskugeln getreten. Es war Zeit fürs Theater, Casino oder Kino. Die Leute verließen ihre Hotels, Pensionen, die möblierten Zimmer, wo sie Wurst und Pastete gegessen hatten, und strebten ihrer Abendunterhaltung entgegen.

Viele begnügten sich damit, auf den gelben, romantisch geschwungenen Eisenstühlen Platz zu nehmen, und Maigret hatte sich wie aus einem Reflex heraus nach der erhabenen, aufrechten Gestalt umgesehen, dem länglichen Gesicht, dem gereckten Kinn und dem harten und zugleich sehnsüchtigen Blick.

Aber Hélène Lange war tot, während sich ihre Schwester Francine wahrscheinlich im Hotelzimmer mit ihrem Gigolo darüber unterhielt, wo man sie beerdigen sollte.

Irgendwo in der Stadt gab es einen Mann, der das Geheimnis der Villa Iris und der einsamen Frau kannte: der Mann, der sie erwürgt hatte.

Ging er weiterhin im Park spazieren, oder befand er sich gerade auf dem Weg ins Theater oder Kino?

Maigret und seine Frau waren zu Bett gegangen, ohne ein Wort darüber zu verlieren. Aber jeder von ihnen wusste, was der andere dachte.

Maigret zündete seine Pfeife an und schlug die Zeitung auf. Er verzog das Gesicht, als er in den Lokalnachrichten auf sein Foto stieß, das über die Breite eines zweispaltigen Artikels gedruckt war. Jemand hatte das Foto ohne sein Wissen aufgenommen. Es zeigte ihn, während er ein Glas Heilwasser trank. Neben ihm bildete sich etwa zu einem Drittel die Silhouette seiner Frau ab, und im Hintergrund waren zwei oder drei unbekannte Gesichter zu sehen.

ÜBERNIMMT MAIGRET DEN FALL?

Aus Diskretion haben wir unseren Lesern bisher vorenthalten, dass sich Kommissar Maigret bei uns in Vichy aufhält, nicht aus beruflichen Gründen, sondern um sich, wie so viele andere berühmte Persönlichkeiten vor ihm, die Heilkräfte unserer Quellen zunutze zu machen.

Wird aber der Kommissar dem Verlangen widerstehen können, das Geheimnis der Rue du Bourbonnais zu lüften?

Er soll in der Nähe des Tatorts gesehen worden sein und bereits in Kontakt mit dem sympathischen Kommissar Lecœur stehen, dem Chef der Kriminalpolizei von Clermont-Ferrand, der die Ermittlungen leitet.

Wird ihm die Kur wichtiger sein als ...

Er legte die Zeitung gleichgültig beiseite, denn er war diese Art der Berichterstattung gewohnt. Er zuckte mit den Schultern und blickte gedankenverloren aus dem Fenster.

Bis um neun tat er nichts anderes als sonst auch, und als Madame Maigret im rosa Kostüm erschien, gingen sie beide ganz selbstverständlich zur Treppe.

»Einen schönen guten Morgen, die Herrschaften.«

Der unvermeidliche Morgengruß des Hoteliers. Maigret hatte bereits zwei Gestalten auf dem Gehsteig und das reflektierende Objektiv einer Kamera wahrgenommen.

»Die warten schon seit einer Stunde auf Sie. Sie sind nicht von *La Montagne,* die heute Morgen von Ihnen berichtet hat, sondern von *La Tribune* in Saint-Étienne.«

Der Mann mit der Kamera war ein großer Rothaariger, der andere ein kleiner Dunkler mit schiefen Schultern. Sie stürzten auf Maigret zu.

»Dürfen wir ein Foto von Ihnen machen? Nur ein einziges?«

Was hatte es für einen Sinn, abzulehnen? Er blieb einen Moment reglos zwischen den beiden Lorbeerbäumchen am Eingang stehen, während Madame Maigret in den Halbschatten zurücktrat.

»Heben Sie bitte ein wenig den Kopf, wegen des Huts ...«

Es war seit Langem das erste Mal, dass man ihn

mit einem Strohhut fotografierte; er trug sonst nur einen in Meung-sur-Loire, und zwar einen alten Gärtnerhut.

»Noch eine … Nur eine Sekunde … Danke.«

»Sagen Sie, Monsieur Maigret, darf ich Sie fragen, ob Sie sich wirklich mit dem Fall befassen?«

»Als Kommissar vom Quai des Orfèvres habe ich mich nicht in etwas einzumischen, das außerhalb von Paris geschieht.«

»Aber dieser Mord interessiert Sie?«

»Wie er die meisten Ihrer Leser interessiert.«

»Ist es nicht ein ganz besonderer Fall?«

»Ich verstehe nicht, was Sie meinen.«

»Das Opfer war eine Einzelgängerin, die mit niemandem verkehrte. Man weiß nicht, aus welchem Motiv …«

»Sobald man mehr über das Mordopfer weiß, wird das Motiv wahrscheinlich deutlich werden.«

Es war ein banaler Satz, der ihn nicht kompromittierte, dennoch lag eine Wahrheit darin. Maigret war nicht der Einzige, der sich seit Langem bemühte, den Charakter der Opfer zu ergründen. Die Kriminologen messen dem Toten immer mehr Bedeutung zu und gehen sogar in vielen Fällen so weit, ihm einen Teil der Verantwortung zuzuschreiben.

Gab es nicht im Leben und Verhalten von Hélène Lange etwas, das sie gewissermaßen dazu prädestinierte, einen gewaltsamen Tod zu sterben? Schon bei ihrer ersten Begegnung im schattigen Park hatte sie die Aufmerksamkeit des Kommissars auf sich gezogen.

Allerdings hatten ihn auch andere, wie die beiden Heiteren, interessiert.

»Hat Kommissar Lecœur nicht zu Ihren Leuten gehört?«

»Er hat bei der Pariser Kriminalpolizei gearbeitet.«

»Haben Sie ihn schon gesprochen?«

»Ich habe ihm die Hand geschüttelt.«

»Werden Sie ihn wiedersehen?«

»Wahrscheinlich.«

»Werden Sie über den Mord mit ihm sprechen?«

»Vielleicht. Es sei denn, wir sprechen über das Wetter und das besondere Licht in Ihrer Stadt.«

»Was ist daran besonders?«

»Es ist ein sanftes, flirrendes Licht.«

»Gedenken Sie, im nächsten Jahr wieder nach Vichy zu kommen?«

»Das wird von meinem Arzt abhängen.«

»Danke.«

Sie sprangen in ein altes Auto, während Maigret und seine Frau ein paar Schritte gingen.

»Wo soll ich auf dich warten?«

Das bedeutete, dass ihr Mann sich in die Rue du Bourbonnais begeben würde.

»Bei der Quelle?«

»Bei den Boulespielern.«

Mit anderen Worten, er rechnete nicht damit, lange bei Lecœur zu bleiben. Er fand ihn im Salon, wo er gerade telefonierte.

»Nehmen Sie Platz, Chef ... Hallo? ... Ja. Da haben wir ja Glück, dass die Concierge seit so vielen Jahren die Stellung hält ... Ja. Sie weiß nicht, wo? Sie ist mit der Metro gefahren? ... Ja, an der Station Saint-Georges ... Bitte nicht trennen, Mademoiselle ... Fahren Sie fort, mein Lieber ...«

So ging es noch zwei oder drei Minuten weiter.

»Ich danke dir. Ich werde dir ein Schreiben mit der Bitte um Rechtshilfe schicken, damit die Sache ihre Ordnung hat ... Dann schickst du mir deinen Bericht ... Deine Frau? Ja, natürlich. Die Kinder machen immer Sorgen. Bei vier Jungen kann ich ein Lied davon singen.«

Er legte den Hörer auf und wandte sich Maigret zu.

»Das war Julien, den Sie sicher kennen. Er ist jetzt Inspektor im 9. Arrondissement. Ich habe ihn gebeten, in seinen Akten zu stöbern. Er hat die genaue Adresse von Hélène Lange gefunden, in der Rue Notre-Dame-de-Lorette, wo sie vier Jahre gewohnt hat.«

»Also von ihrem neunundzwanzigsten bis dreiunddreißigsten Lebensjahr.«

»So ungefähr ... Die Concierge ist noch dieselbe.

Mademoiselle Lange scheint eine ruhige junge Frau gewesen zu sein. Sie verließ und betrat das Haus immer zur selben Zeit, als hätte sie eine feste Stellung. Abends ging sie selten aus, gelegentlich ins Theater oder Kino.

Ihr Büro befand sich offenbar nicht in ihrem Viertel. Sie fuhr mit der Metro. Frühmorgens machte sie ihre Besorgungen, und sie hatte keine Putzfrau. Um zwanzig nach zwölf kam sie zum Mittagessen nach Hause und ging um halb zwei wieder. Um halb sieben kehrte sie zurück.«

»Kam nie jemand zu Besuch?«

»Ein Mann, immer derselbe.«

»Kennt die Concierge seinen Namen?«

»Sie weiß nichts von ihm. Er kam nur ein- bis zweimal in der Woche gegen halb neun, und um zehn Uhr war er schon wieder fort.«

»Was für eine Art Mann?«

»Offenbar ein anständiger Kerl. Er besaß einen Wagen. Die Concierge ist nie auf den Gedanken gekommen, sich die Nummer zu merken. Ein großer schwarzer Wagen, wahrscheinlich ein amerikanischer.«

»Welches Alter hatte er?«

»Um die vierzig. Ziemlich kräftig. Sehr gepflegt und gut gekleidet.«

»Hat er die Miete bezahlt?«

»In der Wohnung der Concierge war er nie.«

»Haben die beiden am Wochenende etwas zusammen unternommen?«

»Ein einziges Mal.«

»Gemeinsame Urlaube?«

»Nein. Hélène Lange hat damals immer nur zwei Wochen Urlaub genommen und fuhr fast jedes Jahr nach Étretat. Die Post hat sie sich in eine Pension nachschicken lassen.«

»Hat sie viel Post bekommen?«

»Kaum. Von Zeit zu Zeit einen Brief von ihrer Schwester. Sie hatte ein Abonnement bei einer Buchhandlung in der Nähe und las viel.«

»Kann ich mir die Wohnung einmal ansehen?«

»Fühlen Sie sich wie zu Hause, Chef!«

Er bemerkte, dass der Fernseher nicht im Wohnzimmer war, sondern im Esszimmer. Dort standen Möbel im provenzalischen Stil und viele Gegenstände aus blankgeputztem Kupfer. Auf der Anrichte sah man eine Fotografie von Hélène Lange, auf der sie mit einem Reifen spielte, und eine andere zeigte sie im Badeanzug vor einer Steilküste, wahrscheinlich in Étretat. Ihr Körper war wohlproportioniert, lang und schmal wie ihr Gesicht, aber keineswegs mager, keineswegs dürr. Sie war eine jener Frauen, deren hübsche Figur man übersieht, wenn sie angezogen sind.

In der modernen, freundlichen Küche gab es eine Geschirrspülmaschine und sämtliche Geräte, die einer Hausfrau die Arbeit erleichtern. Der Weg in das ebenso moderne Bad führte über den Flur. Dahinter lag das Schlafzimmer der Toten.

Es amüsierte Maigret, dort das gleiche Messingbett wie im Hotel zu sehen, fast die gleichen Möbel mit den vielen Schnörkeln. Die Tapete war blassrosa und leicht violett-blau gestreift, und auch hier hing eine Fotografie von Hélène Lange mit etwa dreißig Jahren.

Der Gesichtsausdruck war ein anderer, und ihr spontanes, ganz und gar offenes Lächeln drückte Lebensfreude aus.

Es war ein vergrößerter Schnappschuss, und an dem Laub sah man, dass er im Wald gemacht worden war. Sie blickte mit einer gewissen Zärtlichkeit ins Objektiv.

»Ich würde gern wissen, wer das Foto gemacht hat«, murmelte Maigret an Lecœur gewandt, der soeben hereingekommen war.

»Eine sonderbare junge Frau, wie?«

»Sie haben doch sicher auch die Mieter verhört?«

»Ich habe auch daran gedacht, dass der Mord von jemandem aus dem Haus begangen worden sein könnte. Die Witwe kommt nicht in Betracht, sie wäre außerdem trotz ihres Gewichts nicht stark genug, eine so kräftige Person wie Mademoiselle Lange zu erwürgen ... Wir haben uns im Carlton erkundigt, wo sie bis zwanzig nach elf Bridge gespielt hat. Nach Aussage des Gerichtsmediziners muss das Verbrechen zwischen zehn und elf Uhr abends begangen worden sein.«

»Mit anderen Worten, Hélène Lange war bereits tot, als Madame Vireveau nach Hause kam.«

»Ziemlich sicher.«

»Die Maleskis haben einen Lichtschein unter der Tür des Wohnzimmers gesehen ... Da später alle Lichter ausgeschaltet waren, muss sich der Mörder zu dem Zeitpunkt noch im Haus aufgehalten haben.«

»Darüber denke ich schon den ganzen Tag nach. Entweder ist er gemeinsam mit seinem Opfer ins Haus gegangen und hat sie erwürgt, ehe er die Schränke und Kommoden durchsucht hat, oder aber sie hat ihn dabei erwischt.«

»Was ist mit dem Mann, dem Madame Vireveau angeblich an der Straßenecke begegnet ist?«

»Wir sind dran. Ein Barbesitzer, der sein Eisengitter herunterließ, hat um dieselbe Zeit einen korpulenten Mann gesehen, der sehr schnell ging und angeblich ganz außer Atem gewesen sei.«

»In welche Richtung?«

»Zur Célestins-Quelle.«

»Kann er ihn beschreiben?«

»Er hat nicht so genau auf ihn geachtet. Er weiß nur, dass er einen dunklen Anzug und keinen Hut trug. Er glaubt sich zu erinnern, dass er eine ziemliche Glatze hatte.«

»Keine anonymen Briefe?«

»Noch nicht.«

Sie würden schon noch kommen. Kein halbwegs mysteriöser Fall, der ohne anonyme Briefe und rätselhafte Telefonanrufe bei der Polizei auskam.

»Haben Sie die Schwester wiedergesehen?«

»Ich erwarte sie, um zu erfahren, was mit dem Leichnam geschehen soll.«

Er schwieg einen Augenblick und fügte dann hinzu:

»Die beiden Schwestern sind so grundverschieden, nicht? Während die eine reserviert und in sich gekehrt gewesen zu sein scheint und verächtlich auf ihre Umgebung herabgesehen hat, ist die andere lebenshungrig und strotzt vor Gesundheit … Und doch …«

Maigret lächelte, als er Lecœur betrachtete, der mit den Jahren einen Bauch bekommen hatte und in dessen rotbraunem Schnurrbart ein paar weiße Haare schimmerten. Seine hellen Augen blickten naiv, fast kindlich, und doch erinnerte sich Maigret daran, dass er einer seiner besten Mitarbeiter gewesen war.

»Warum lächeln Sie?«

»Weil ich sie lebend gesehen habe und weil Sie nach den Fotos und nach allem, was man Ihnen über sie gesagt hat, zu denselben Schlüssen kommen wie ich …«

»Hélène Lange hat die sentimentale Romantikerin nur gespielt, nicht wahr?«

»Ja, vielleicht hat sie sich selbst etwas vorgespielt, aber ihren Blick konnte sie nicht verstellen, der war hart und unnachgiebig.«

»Wie ihre Schwester …«

»Francine Lange spielt die Emanzipierte, die nichts fürchtet und auf alles pfeift. Ich bin überzeugt, in La Rochelle ist sie bekannt wie ein bunter Hund, wegen ihrer Seitensprünge und ihrer losen Zunge.«

»Was sie nicht daran hindert, immer wieder …«

Sie brauchten ihre Sätze nicht zu vollenden.

»Sie kann rechnen!«

»Und sie weiß, was sie will, trotz aller Gigolos der Welt. Sie stammt aus einem elenden kleinen Laden in Marsilly und ist jetzt mit vierzig Inhaberin eines der größten Friseursalons von La Rochelle. Ich kenne die Stadt und die Place d'Armes.«

Er zog seine Uhr aus der Tasche.

»Meine Frau erwartet mich.«

»Bei der Quelle?«

»Ich werde erst einmal den Boulespielern zuschauen, um auf andere Gedanken zu kommen. Früher einmal, in Porquerolles, habe ich selbst gespielt. Wenn die Herren nur ein bisschen drängen würden …«

Während er davonging, stopfte er sich eine neue

Pfeife. Inzwischen hatte sich die Luft erwärmt, und er genoss den Schatten der hohen Bäume.

»Gibt es Neuigkeiten?«

»Nichts von Belang.«

»Weiß man immer noch nichts über ihr Leben in Paris?«

Seine Frau beobachtete ihn, um herauszufinden, wann sie besser schwieg. Seine heitere Stimmung spornte sie an.

»Nichts Bestimmtes. Nur dass sie mindestens einen Liebhaber gehabt hat.«

»Man könnte denken, dass dir das Freude bereitet.«

»Vielleicht. Es weist darauf hin, dass es ihr im Leben wenigstens eine Zeit lang gut gegangen ist. Sie hat sich nicht immer nur verschlossen, um weiß Gott welchen Träumen und Gedanken nachzuhängen.«

»Was weiß man über ihn?«

»Fast nichts. Außer dass er einen großen schwarzen Wagen fuhr, dass er sie ein-, zweimal die Woche besuchte, dass er vor zehn Uhr abends wieder ging und dass sie nie ein Wochenende oder die Ferien zusammen verbracht haben.«

»Ein verheirateter Mann.«

»Wahrscheinlich. Um die vierzig. Zehn Jahre älter als sie.«

»Haben ihn die Leute in der Rue du Bourbonnais jemals gesehen?«

»Erstens ist er nicht mehr vierzig. Er ist fast sechzig, wenn nicht schon darüber hinaus.«

»Glaubst du, dass ...«

»Gar nichts glaube ich. Ich würde gern wissen, wie sie in Nizza gelebt hat. Ob es einen Übergang gegeben hat oder ob sie sich dort auch schon wie eine alte Jungfer benommen hat ... Achtung, er legt auf die Zielkugel an ...«

Der einarmige Spieler nahm sich Zeit, warf seine Kugel, und das Cochonnet, die kleine Holzkugel, rollte auf den Rasen.

»Ich beneide sie«, murmelte er unwillkürlich.

»Warum?«

Seine Frau erschien ihm jünger, während Licht und Schatten über ihr glattes Gesicht huschten. Ihre Augen leuchteten, und er fühlte sich wieder wie im Urlaub.

»Hast du ihre Haltung nicht bemerkt, die Bedeutsamkeit, die von ihnen ausgeht, und den zutiefst befriedigten Gesichtsausdruck, wenn ihnen ein schöner Wurf gelungen ist? Wenn wir hingegen den Schlusspunkt hinter eine Ermittlung setzen ...«

Er hielt mitten im Satz inne, verzog vielsagend das Gesicht. Sie schickten einen Mann vor Gericht, ins Gefängnis und manchmal in den Tod.

Er klopfte seine Pfeife aus und sagte:

»Gehen wir ein Stück?«

Waren sie denn nicht deshalb hier?

Lecœurs Mitarbeiter hatten alle Nachbarn verhört. Keiner von ihnen hatte am Abend des Verbrechens etwas gesehen oder gehört, und alle versicherten, Hélène Lange habe weder Freunde noch Freundinnen gehabt und keinen Besuch bekommen.

»Manchmal ging sie mit einem kleinen Koffer fort, und die Fensterläden blieben zwei oder drei Tage geschlossen.«

Sie nahm nie größeres Gepäck mit. Sie hatte keinen Wagen, bestellte kein Taxi.

Auch auf der Straße traf man sie nie in Begleitung.

Morgens machte sie ihre Einkäufe im Viertel. Sie war nicht besonders geizig, aber sie wusste, was das Geld wert war. Samstags ging sie auf den Markt, immer einen Hut auf dem Kopf, einen weißen im Sommer, einen dunklen im Winter.

Ihre derzeitigen Mieter standen außer Verdacht. Madame Vireveau hatte das Zimmer auf Empfehlung einer Freundin in Montmartre gemietet, die mehrere Jahre während ihrer Kur bei Mademoiselle Lange gewohnt hatte. Wenn sie auch dank ihres stattlichen Leibesumfangs und ihrer falschen Perlen ziemlich auffällig war, so traute man ihr dennoch keinen Mord zu, schon gar nicht ohne Motiv. Ihr Mann war Blumenhändler gewesen. Bis zu seinem Tod hatte sie ihm in seinem Geschäft am Boulevard des Batignolles geholfen, und dann war sie in eine kleine Wohnung in der Rue Lamarck gezogen.

»Ich habe ihr nichts vorzuwerfen«, sagte sie über Hélène Lange, »außer, dass sie sehr wortkarg war.«

Die Maleskis kamen schon seit vier Jahren zur Kur nach Vichy. Im ersten Jahr hatten sie in einem Hotel gewohnt. Auf einem ihrer Spaziergänge hatten sie schließlich ein Schild bemerkt, auf dem stand, dass ein Zimmer in der Rue du Bourbonnais zu vermieten sei. Sie hatten sich nach dem Preis erkundigt und das Zimmer für den darauffolgenden Sommer gemietet. Inzwischen waren sie zum dritten Mal in der Villa Iris.

Maleski hatte ein Leberleiden. Er musste sich schonen und eine strenge Diät einhalten. Mit zweiundvierzig war er bereits ein gebrochener Mann mit traurigem Lächeln, dennoch, in seinem Beruf war er sehr tüchtig und äußerst gewissenhaft. Gemäß den telefonischen Auskünften, die man in Grenoble über ihn eingeholt hatte.

Seine Frau und er hatten gleich im ersten Jahr gemerkt, dass Mademoiselle Lange keine engen Beziehungen zu ihren Mietern wünschte. Sie hatten den Salon nur zwei- oder dreimal betreten und kannten die anderen Räume im Erdgeschoss nicht. Sie hatte sie nie zu einer Tasse Kaffee oder einem Glas Wein eingeladen.

Wenn es regnete, hörten sie abends manchmal ihren Fernseher, aber sie stellte ihn immer früh ab.

Maigret behielt all diese Details im Kopf, als er

sich wie immer nach dem Essen auf dem Bett ausstreckte und vor sich hin dämmerte, während seine Frau am Fenster las. Durch die geschlossenen Lider erahnte er den goldenen Halbschatten und die helleren Lichtstreifen, die sich durch die Ritzen der Fensterläden auf der Wand abzeichneten.

Seine Gedanken bewegten sich im Kreis, verzerrten sich, bis eine Frage auftauchte, die ihm plötzlich wesentlich erschien:

»Warum gerade an jenem Abend?«

Warum hatte man sie nicht am Abend zuvor oder am Tag danach oder einen oder zwei Monate früher ermordet?

Die Frage wirkte skurril, und dennoch maß er ihr im Halbschlaf größte Bedeutung bei.

Seit zehn Jahren, zehn langen Jahren, lebte sie allein in jener friedlichen Straße in Vichy. Niemand besuchte sie, und sie besuchte offensichtlich auch niemanden, es sei denn auf ihren kurzen Reisen, die sie jeden Monat unternahm.

Die Nachbarn sahen sie kommen und gehen. Man konnte sie auch auf einem gelben Stuhl im Park sitzen sehen, wo sie am Tag ihr Heilwasser trank oder am Abend vor dem Musikpavillon einem Konzert lauschte.

Wäre Maigret selbst zu den Ladenbesitzern gegangen, hätte er ihnen Fragen gestellt, die sie wahrscheinlich erstaunt hätten.

»Hat sie manchmal viel zu viel geredet? Hat sie sich gelegentlich hinuntergebeugt, um Ihren Hund zu streicheln? Hat sie sich mit den Hausfrauen in der Warteschlange unterhalten oder diejenigen gegrüßt, die ihr alle Tage dort begegnet sind?«

Und schließlich: »Haben Sie sie jemals lachen sehen? Oder wenigstens lächeln?«

Es lag mehr als fünfzehn Jahre zurück, dass sie einen privaten Kontakt zu einem Menschen gehabt hatte, dem Mann, der ein- bis zweimal die Woche in ihre Wohnung in der Rue Notre-Dame-de-Lorette gekommen war.

Kann man es so viele Jahre aushalten, ohne sich jemandem anzuvertrauen, ohne wenigstens laut auszusprechen, was man auf dem Herzen hat?

Man hatte sie erwürgt.

Aber warum gerade an jenem Abend?

Im Halbschlaf wurde diese Frage für Maigret entscheidend, und als seine Frau ihn darauf hinwies, dass es bereits drei Uhr sei, versuchte er immer noch, eine Antwort darauf zu finden.

»Hast du geschlafen?«

»So halb …«

»Gehen wir zusammen los?«

»Natürlich gehen wir zusammen los. Tun wir das nicht jeden Tag? Warum fragst du?«

»Du hättest doch eine Verabredung mit Lecœur haben können.«

»Ich habe keine Verabredung.«

Und um es ihr zu beweisen, nahmen sie den längeren Weg, gingen zunächst zum Spielplatz, danach am Bouleplatz vorbei, weiter zum Strandbad und schließlich jenseits des Pont de Bellerive den Boulevard hinunter bis zum Yachtclub, wo sie den Wasserskiläufern zusahen.

Und sie gingen noch viel weiter, bis zu den neuen zwölfstöckigen Hochhäusern, die schneeweiß in den Himmel ragten und eine Stadt am Stadtrand bildeten.

Am anderen Ufer des Allier galoppierten die Pferde über die Rennbahn hinter der weißen Absperrung, und man konnte die Köpfe und Schultern in den Reihen auf den Tribünen und dunkle und helle Silhouetten auf dem Rasen sehen.

»Im Hotel hat man mir gesagt, dass immer mehr Rentner nach Vichy ziehen.«

»Willst du mich damit auf etwas vorbereiten?«, fragte er im Scherz.

»Wir haben ja unser Haus in Meung.«

Sie entdeckten Straßen, die aus einer anderen Zeit zu stammen schienen. Jedes Viertel hatte seinen eigenen Charakter und Stil. Die Häuser waren ganz unterschiedlich, und man ahnte, was für Leute sie gebaut hatten. Maigret machte sich einen Spaß daraus, vor den vielen kleinen Restaurants stehen zu bleiben und die Speisekarten zu lesen.

*Zimmer zu vermieten ... Zimmer mit Küche ...
Schön möbliertes Zimmer ...*

Das erklärte, warum es so viele Restaurants gab und sich auf den Straßen und Promenaden Tausende von Menschen aufhielten.

Um fünf Uhr setzten sie sich mit müden Beinen auf die Stühle nahe der Quelle und blickten sich an. Hatten sie sich ein wenig übernommen? Versuchten sie sich zu beweisen, dass sie noch jung waren?

Sie erkannten ein Paar in der Menge, die beiden Heiteren. Etwas in dem Blick des Mannes hatte sich verändert, und anstatt weiterzugehen, kam er mit ausgestreckter Hand geradewegs auf den Kommissar zu.

Was blieb Maigret anderes übrig, als sie zu ergreifen?

»Erkennen Sie mich nicht?«

»Ich habe Sie sicher schon einmal gesehen, aber ich weiß beim besten Willen nicht mehr ...«

»Bébert. Sagt Ihnen das nichts?«

Er hatte im Laufe seines Berufslebens viele Béberts, Petit-Louis' und Grand-Jules kennengelernt.

»Die Metro ...«

Er wandte sich seiner Frau zu, als wollte er sie zur Zeugin nehmen, und war heiterer denn je.

»Das erste Mal haben Sie mich am Boulevard des Capucines festgenommen, als dort gerade eine Parade stattfand ... Ich weiß allerdings nicht mehr, welcher Staatschef zwischen den berittenen Polizisten vorüberfuhr ... Das zweite Mal am Ausgang der Metrostation Bastille. Sie waren mir schon eine Weile auf den Fersen ... Aber das ist lange her. Ich war damals noch jung, und Sie auch, mit Verlaub.«

Maigret erinnerte sich an die Metrogeschichte, denn bei der Verfolgung über die Place de la Bastille hatte er seinen Hut verloren. Einen Canotier, wie man ihn damals trug. Na bitte, er hatte schon früher einen Strohhut besessen.

»Wie viele Jahre haben Sie bekommen?«

»Zwei. Ich habe es mir hinter die Ohren geschrieben, bin anständig geworden. Zuerst habe ich bei einem Trödler gearbeitet, wo ich einen Haufen altes Zeug repariert habe. Mit den Händen war ich immer schon geschickt.«

Er zwinkerte und deutete damit an, dass ihm dieses Talent in seiner Zeit als Taschendieb von großem Nutzen gewesen war. »Dann habe ich Madame kennengelernt.«

Er betonte das Wort »Madame« mit einem gewissen Stolz.

»Sie ist nicht vorbestraft, ist nie auf den Strich gegangen. Sie war gerade erst aus der Bretagne nach Paris gekommen und arbeitete in einem Milchladen ... Es war mir gleich ernst mit ihr, und wir sind geradewegs zum Standesamt. Sie hat sogar darauf bestanden, dass wir uns in ihrem Dorf kirchlich trauen lassen. Es gab eine richtige Hochzeit in Weiß.«

Er genoss das Leben in vollen Zügen.

»Ich habe mir schon gedacht, dass Sie es sind ... Doch ganz sicher war ich mir nicht. Aber als ich heute Morgen die Zeitung aufschlug und Ihr Foto sah ...«

Er deutete auf den Behälter mit den Wassergläsern.

»Es ist doch wohl nichts Ernstes?«

»Es geht mir sehr gut.«

»Mir auch. Das bestätigen mir alle Ärzte. Trotzdem haben sie mich wegen meiner Schmerzen in den Knien hergeschickt. Wassertherapie, Unterwassermassagen, Bestrahlungen, die ganze Prozedur ... Und Sie?«

»Wasser trinken.«

»Na, dann ist es nichts. Aber ich will Sie und Ihre Frau nicht aufhalten. Sie sind damals sehr anständig zu mir gewesen. Das waren noch Zeiten, wie? Auf Wiedersehn, Herr Kommissar. Sag auf Wiedersehn, Bobonne ...«

Als sich das Ehepaar entfernte, lächelte Maigret noch einen Moment über den ehemaligen Taschendieb und sein Schicksal. Seine Frau bemerkte, wie sein Gesicht von einem Moment zum anderen ernster wurde und sich seine Stirn in Falten legte. Schließlich stieß er einen Seufzer der Erleichterung aus.

»Ich glaube, jetzt weiß ich, warum.«

»Warum die Frau ermordet worden ist?«

»Nein. Warum ausgerechnet an diesem Tag, und nicht einen Monat oder ein Jahr zuvor.«

»Was willst du damit sagen?«

»Seit wir hier sind, begegnen wir zwei- bis drei-mal täglich denselben Leuten, und ihre Gesichter sind uns allmählich vertraut. Erst heute hatte dieser Kauz durch das Foto in der Zeitung die Gewiss-heit, mich erkannt zu haben, und ist auf mich zuge-kommen. Und dies ist unsere erste Kur, die einzige wahrscheinlich. Kämen wir im nächsten Jahr wieder her, würden wir einige Stammgäste treffen.

Jemand ist wie wir zum ersten Mal nach Vichy gekommen. Er hat sich der Routine unterworfen, einen Arzt gesucht und die Untersuchungen und Analysen über sich ergehen lassen. Schließlich hat man ihm eine bestimmte Kur verordnet, ihm die Quellen genannt und wie viel Zentiliter er wann zu trinken habe.

Er ist Hélène Lange begegnet und hat geglaubt, sie wiederzuerkennen. Dann ist er ihr ein zweites und drittes Mal über den Weg gelaufen, und vielleicht war er an jenem Abend, als sie das Konzert hörte, ganz in ihrer Nähe.«

Madame Maigret erschien das alles recht banal, und sie wunderte sich, dass er sich über eine Entde-ckung freute, die gar keine war.

Der Kommissar beeilte sich, mit ironischem Unterton anzumerken:

»Wie es in den Prospekten heißt, kommen jährlich zweihunderttausend Kurgäste her. Sie verteilen sich auf sechs Monate, sodass es im Monat mehr als dreißigtausend sind. Nehmen wir einmal an, ein Drittel seien Neulinge wie wir, dann bleiben uns zehntausend Verdächtige … Nicht ganz! Man muss die Frauen und Kinder abziehen … Wie viele Frauen und Kinder mögen das sein, was glaubst du?«

»Mehr Frauen als Männer, und was die Kinder betrifft …«

»Warte! Wir sind einigen Menschen in Rollstühlen begegnet; andere gehen an Krücken oder am Stock. Und die meisten der älteren Männer brächten es nie und nimmer fertig, eine kräftige Frau zu erwürgen.«

Sie fragte sich, ob er scherzte.

»Sagen wir, tausend Männer, die fähig sind, jemanden zu erwürgen … Da es sich nach den Aussagen von Madame Vireveau und dem Barbesitzer um eine große und kräftige Person handelt, fallen somit auch die Kleinen und Schmächtigen weg. Bleiben noch fünfhundert.«

Sie war erleichtert, ihn lachen zu hören.

»Worüber machst du dich lustig?«

»Über die Polizei, über unseren Beruf. Gleich werde ich dem braven Lecœur ankündigen, es blieben noch fünfhundert Verdächtige übrig, es sei denn, man könne noch weitere ausschließen. Zum Beispiel diejenigen, die an dem Abend im Theater waren und es beweisen können, jene, die Bridge gespielt haben oder sonst etwas ... Wenn man bedenkt, dass man auf diese Weise häufig einen Schuldigen zur Strecke bringt!

Scotland Yard hat einmal alle zweihunderttausend Bewohner einer Stadt verhört. Das hat Monate gedauert ...«

»Und sie haben den Verbrecher gefunden?«

Maigret erwiderte beiläufig:

»In einer anderen Stadt, ganz zufällig, als der Kerl eines Abends betrunken war und zu viel geredet hat.«

Es würde wahrscheinlich zu spät werden, um Lecœur noch am selben Tag aufzusuchen, denn Maigret musste noch zwei Gläser Wasser trinken und zwischendurch ein halbe Stunde pausieren. Er versuchte sich für die Abendzeitung zu interessieren, die vor allem über die Ferien berühmter Persönlichkeiten berichtete. Es war recht merkwürdig. Selbst jene, deren unsteter Lebenswandel hinreichend bekannt war, ließen sich mit ihren Kindern oder Enkeln fotografieren und behaupteten, all ihre Zeit der Familie zu widmen.

Später, als der Wind etwas frischer wurde, bogen sie um die Ecke der Rue d'Auvergne. Vor Mademoiselle Langes Haus stand ein Lieferwagen.

Als sie näher kamen, hörten sie Hammerschläge.

»Soll ich schon ins Hotel zurückgehen?«, fragte Madame Maigret.

»Ich komme gleich nach.«

Die Tür zum Salon stand offen, und Männer mit hellen Kitteln bespannten die Wände mit schwarzem Stoff.

Lecœur tauchte auf.

»Ich dachte mir schon, dass Sie kommen würden. Folgen Sie mir doch bitte.«

Er führte ihn in das Schlafzimmer, in dem es ruhiger war.

»Hat sich ihre Schwester dafür entschieden, sie in Vichy zu beerdigen?«, fragte Maigret.

»Ja. Sie war gegen Mittag bei mir.«

»Mit ihrem Gigolo?«

»Nein. Sie ist in einem Taxi gekommen.«

»Wann findet die Beerdigung statt?«

»Übermorgen, damit die Leute aus dem Viertel die Möglichkeit haben, an dem aufgebahrten Sarg vorüberzuziehen.«

»Wird ein Priester das letzte Geleit geben?«

»Anscheinend nicht.«

»War die Familie Lange nicht katholisch?«

»Die Eltern ja. Die Kinder sind zwar auch getauft worden und zur Kommunion gegangen, aber danach ...«

»Ist sie vielleicht geschieden?«

»Dazu müsste man erst einmal beweisen, dass sie verheiratet war.«

Lecœur betrachtete Maigret und zupfte die Spitzen seines rötlichen Schnurrbarts.

»Sie hatten natürlich mit keiner der beiden Schwestern je zuvor zu tun?«

»Nein, nie.«

»Aber Sie waren doch eine Weile in La Rochelle.«

»Ich war zweimal dort, höchstens zehn Tage im Ganzen. Warum?«

»Weil Francine Lange heute Morgen ganz anders wirkte als gestern. Sie war nicht so gut aufgelegt und ein wenig befangen. Sie stockte, während sie sprach. Ich hatte zunehmend das Gefühl, sie würde etwas für sich behalten.

Und dann hat sie mich gefragt:

›War das gestern Kommissar Maigret?‹

Daraufhin wollte ich wissen, ob sie Sie schon einmal gesehen habe. Sie sagte, sie habe Sie auf dem Foto in der Morgenzeitung erkannt.«

»So ist es offenbar auch ein paar Dutzend anderen Leuten aus der Menschenmenge ergangen, in die ich täglich eintauche. Vorhin ist einer meiner ehemaligen Klienten mit ausgestreckter Hand auf mich zugekommen. Es hat nicht viel gefehlt, und er hätte mir auf die Schulter geklopft.«

»Ich glaube, es ist komplizierter«, sagte Lecœur, als verfolgte er einen vagen Gedanken.

»Sie glauben, ich hätte mit ihr zu tun haben müssen, als sie noch in Paris war?«

»Unmöglich wäre das nicht, in Anbetracht ihres, so nehme ich an, zweifelhaften Lebenswandels … Nein, das, woran ich denke, ist weniger präzise, es ist subtiler. Für sie bin ich irgendein Polizeibeamter aus der Provinz, der gewissenhaft arbeitet und die Fragen stellt, die er stellen muss. Und wenn alles protokolliert wurde, ist der Nächste an der Reihe … Verstehen Sie, was ich meine? Das erklärt vielleicht, warum sie so unbefangen war, als sie gestern herkam, und auch am Nachmittag noch. Ein-, zweimal hat sie einen Blick in Ihre Ecke geworfen, aber ich habe gemerkt, dass sie Sie nicht erkannte.

Sie ist im Hôtel de la Gare abgestiegen. Wie in den meisten Hotels hier wird mit dem Frühstück die Zeitung gebracht. Als sie Ihr Foto sah, hat sie sich gefragt, warum Sie bei unserem Gespräch dabei waren.«

»Und was schließen Sie daraus?«

»Sie unterschätzen Ihren Ruf, das Bild, das die Öffentlichkeit von Ihnen hat …«

Er errötete, weil er fürchtete, dass Maigret seine Worte missverstehen könnte.

»Übrigens nicht nur die Öffentlichkeit, wir Kriminalisten sind die Ersten, die …«

»Ach, lassen wir das.«

»Es ist aber wichtig. Sie wird nicht davon ausgegangen sein, dass Sie zufällig in dem Sessel saßen. Und selbst wenn es ein Zufall gewesen wäre, die Tatsache, dass Sie sich mit diesem Fall beschäftigen ...«

»Hat sie ängstlich gewirkt?«

»Das vielleicht nicht. Ich fand sie nur anders, auf der Hut. Ich habe ihr nur belanglose Fragen gestellt, aber sie hat jedes Mal nachgedacht, bevor sie antwortete.«

»Hat sie den Notar ausfindig gemacht?«

»Daran habe ich auch gedacht. Ihr Begleiter hat eine Liste aller Notare der Stadt aufgestellt und jeden angerufen. Aber angeblich hatte keiner von ihnen Hélène Lange als Klientin. Ein Einziger, der vor zehn Jahren noch Sekretär war und inzwischen die Kanzlei seines Chefs übernommen hat, hat sich daran erinnert, dass er den Kaufvertrag für dieses Haus aufgesetzt hat.«

»Wissen Sie, wie er heißt?«

»Rambaud.«

»Wollen Sie ihn nicht anrufen?«

»Zu dieser Zeit?«

»In der Provinz befinden sich die Kanzleien meistens in den Wohnhäusern der Notare.«

»Was soll ich ihn fragen?«

»Ob sie per Scheck oder Banküberweisung bezahlt hat.«

»Zuerst muss ich die Handwerker bitten, mit dem Hämmern aufzuhören, solange ich telefoniere.«

Maigret schlenderte unterdessen ohne bestimmte Absicht ins Badezimmer und von dort in die Küche.

»Nun?«

»Hatten Sie es geahnt?«

»Was?«

»Dass sie bar bezahlt hat. Es ist das einzige Mal, dass unser Rambaud so etwas erlebt hat. Darum erinnert er sich daran. Sie hatte ein ganzes Köfferchen voller Geldscheine dabei.«

»Hat jemand die Beamten in den Bahnhofsschaltern befragt?«

»Verflucht, daran habe ich nicht gedacht.«

»Es würde mich interessieren, zu wissen, ob sie jeden Monat an denselben Ort gefahren ist.«

»Ich hoffe, das kann ich Ihnen morgen sagen … Guten Appetit und einen angenehmen Abend!«

Es war der Tag, an dem im Musikpavillon ein Konzert stattfand, und die Maigrets waren so weit spaziert, dass sie sich ihre Sitzplätze verdient hatten.

4

Er war zehn Minuten früher fertig als sonst, und er konnte sich nicht erklären, warum. Vielleicht hatte es an diesem Morgen weniger in der *Tribune* zu lesen gegeben. Madame Maigret war noch im Badezimmer, das sie immer nach ihm aufsuchte, und er rief durch die angelehnte Tür:

»Ich komme gleich nach! Warte unten auf mich!«

Auf dem Gehsteig stand eine grüngestrichene Bank für die Hotelgäste. Keine Wolke am Himmel. Seitdem sie in Vichy waren, hatte es kein einziges Mal geregnet.

Der Hotelier erwartete ihn natürlich unten an der Treppe.

»Nun, was macht der Mörder?«

»Der Fall liegt nicht in meiner Verantwortung«, antwortete er lächelnd.

»Glauben Sie, dass die Leute aus Clermont-Ferrand so einer Sache gewachsen sind? Es ist nicht gerade förderlich für unsere Stadt, wenn ein Würger frei herumläuft. Mehrere alte Damen sollen schon abgereist sein.«

Maigret lächelte flüchtig und begab sich zur Rue

du Bourbonnais. Schon von Weitem sah er die schwarz verhangene Tür. Auf dem Trauerflor war ein großes silbernes »L« aufgestickt. Vor dem Haus stand kein Polizist mehr. Hatte gestern einer Wache gehalten? Er konnte sich nicht mehr erinnern, hatte nicht darauf geachtet. Kurz, der Fall ging ihn nichts an. In Vichy war er nur ein Amateurdetektiv und Kurgast.

Noch ehe er den Klingelknopf drücken konnte, bemerkte er, dass die Tür angelehnt war. Er stieß sie auf und traf auf ein junges Mädchen von kaum sechzehn Jahren, das mit einem feuchten Lappen die Fliesen im Flur wischte.

Sie trug ein so kurzes Kleid, dass man, wenn sie sich bückte, ihr rosa Höschen sah. Ihre Beine und Schenkel waren dick und unförmig, was in diesem schwierigen Alter nicht selten der Fall ist. Sie wirkten wie die Beine einer billigen Puppe und waren von ähnlich künstlicher Farbe.

Als sie sich umdrehte, sah er in ein rundes Gesicht mit ausdruckslosen Augen. Sie fragte ihn weder nach seinem Namen noch nach seinem Anliegen.

»Da«, sagte sie nur und deutete auf die Tür zum Salon.

Das Zimmer war dunkel, die Wände mit schwarzem Stoff verhangen. In der Mitte stand der Sarg auf einem Tisch, vermutlich der Esszimmertisch. Die beiden Kerzen waren noch nicht angezündet. Daneben stand eine Glasschüssel mit Weihwasser und einem Buchsbaumzweig.

Die Türen zum Esszimmer und zur Küche standen offen. Die Möbel und alle übrigen Gegenstände aus dem Salon hatte man ins Esszimmer geschoben. In der Küche saß der junge Dicelle vor einer Tasse Kaffee und blätterte in einem Comic.

»Möchten Sie auch einen Kaffee? Ich habe eine ganze Kanne gekocht.«

Und zwar auf dem Gasherd von Hélène Lange, die es wahrscheinlich nicht geschätzt hätte, dass man sich so selbstverständlich in ihrer Küche zu schaffen machte.

»Ist Kommissar Lecœur noch nicht da?«

»Er ist am späten Abend nach Clermont-Ferrand gerufen worden. Bei einem Raubüberfall auf die Sparkasse wurde ein Mann getötet. Er kam zufällig vorbei und bemerkte, dass die Tür offen stand, obwohl die Bank schon geschlossen war. Er stieß sie in dem Augenblick auf, als die Räuber herauskamen. Einer von ihnen hat geschossen.«

»Und hier nichts Neues?«

»Soweit ich weiß, nicht.«

»Waren Sie am Bahnhof?«

»Mein Kollege Trigaud hat das übernommen. Er muss noch dort sein.«

»Das Dienstmädchen im Flur ist bereits verhört worden, nehme ich an. Was hat sie ausgesagt?«

»Bei dem Gesichtsausdruck ist es erstaunlich, dass sie überhaupt den Mund aufmacht. Sie weiß nichts. Sie ist nur für die Saison engagiert worden, um die Zimmer der Gäste zu putzen. Das Erdgeschoss hielt Mademoiselle Lange selbst sauber.«

»Hat sie jemals jemanden zu Besuch kommen sehen?«

»Nur den Gasmann und die Lieferanten. Sie kam um neun und arbeitete bis zwölf … Die Maleskis sind schon beunruhigt, weil sie bis Monatsende bezahlt haben. Sie fragen, ob sie bleiben können. Es ist schwer, mitten in der Saison ein Zimmer zu finden, und in ein Hotel mögen sie nicht.«

»Was hat der Kommissar entschieden?«

»Ich glaube, sie bleiben. Jedenfalls sind sie noch da. Die andere, die Dicke, ist vorhin weggegangen, um sich von ihrem Masseur kneten zu lassen.«

»Ist Francine Lange noch nicht da?«

»Sie müsste jeden Moment eintreffen. Keiner hat eine Ahnung, wie die Trauerfeier ablaufen soll. Sie hat auf einer Aufbahrung bestanden, aber wer weiß, ob überhaupt jemand kommt … Ich habe die Anweisung, hierzubleiben und die Trauergäste zu beobachten, falls sich welche einfinden.«

»Trotzdem einen schönen Tag«, murmelte Maigret und verließ die Küche.

Im Vorbeigehen nahm er ein in schwarzes Leinen gebundenes Buch von einem Tischchen, das sonst im Salon stand und das man, wie die übrigen Dinge, ins Esszimmer gestellt hatte. Es war *Lucien Leuwen* von Stendhal. Das gelbliche Papier hatte den besonderen Geruch der Bücher aus Stadtbibliotheken und Buchhandlungen, die Abonnements anbieten.

Der Name des Buchhändlers und seine Adresse waren auf einem violetten Stempel vermerkt.

Er legte das Buch wieder an seinen Platz, und kurz darauf spazierte er gemächlich über den Gehsteig. In Kopfhöhe öffnete sich plötzlich ein Fenster, und eine Frau im Morgenmantel, mit Lockenwicklern im Haar rief:

»Herr Kommissar! Sagen Sie, stimmt es, dass man sie besuchen kann?«

Der Ausdruck überraschte ihn, und kurz verstand er nicht, was sie meinte.

»Ich nehme es an. Sie ist aufgebahrt, und die Tür steht offen.«

»Kann man sie sehen?«

»Soweit ich weiß, ist der Sarg geschlossen.«

»Das ist mir sogar lieber. Auch wenn es nicht so feierlich ist«, sagte sie und seufzte.

Madame Maigret saß auf der grünen Bank und war erstaunt, ihn so schnell wiederzusehen.

Wie immer machten sie sich auf den Weg. Ihr Zeitplan hatte sich nur um wenige Minuten verzögert. Im Übrigen ein Zeitplan, den sie mit äußerster Disziplin einhielten, ohne dass sie sich jemals darüber verständigt hätten.

»Sind schon Leute da?«

»Noch niemand. Sie warten.«

Diesmal spazierten sie zuerst zum Spielplatz, auf dem noch kaum einer war, und gingen eine Runde im Schatten der Bäume. Ebenso wie am Flussufer gab es hier seltene Exemplare von Bäumen aus Amerika, Indien und Japan. Ihre Namen waren in Latein und Französisch auf Metallplaketten vermerkt. Viele der Bäume waren in dankbarer Erinnerung an ihre Kur in Vichy von vergessenen Staatsoberhäuptern, Maharadschas oder orientalischen Fürsten gestiftet worden.

Bei den Boulespielern machten sie diesmal nur kurz halt. Madame Maigret fragte ihren Mann nie, wohin es ihn zog. Er schritt voran, als hätte er ein bestimmtes Ziel, aber eigentlich suchte er nur nach Abwechslung, nach neuen Eindrücken, einer anderen Geräuschkulisse, wenn er einen bestimmten Weg nahm.

Kurz bevor es Zeit für das erste Glas Wasser war, marschierte er Richtung Rue Georges-Clemenceau, als hätte er dort etwas zu erledigen. Dann aber bog er links ab in die Passage du Théâtre, wo vor einer Buchhandlung Kisten mit antiquarischen Büchern standen und Drehständer mit bunten Taschenbüchern.

»Komm, wir gehen hinein«, sagte er zu seiner Frau, die zögerte.

Der Buchhändler trug einen langen grauen Kittel und war gerade dabei, aufzuräumen. Er schien Maigret zu erkennen, blieb aber zurückhaltend.

»Haben Sie ein paar Minuten Zeit?«

»Ich stehe zu Ihrer Verfügung, Monsieur Maigret. Sie möchten etwas über Mademoiselle Lange erfahren, nehme ich an.«

»Sie war Ihre Kundin, nicht wahr?«

»Sie kam mindestens einmal die Woche, meistens zweimal, um ihre Bücher einzutauschen. Sie hatte ein Abonnement, das ihr erlaubte, immer zwei Bücher mitzunehmen.«

»Kannten Sie sie schon lange?«

»Ich habe die Buchhandlung vor sechs Jahren übernommen. Ich bin nicht von hier, sondern aus Paris, vom Montparnasse. Sie kam schon zu meinem Vorgänger.«

»Haben Sie sich mit ihr unterhalten?«

»Sie war nicht sehr gesprächig, müssen Sie wissen.«

»Hat sie sich nicht bei der Auswahl ihrer Bücher von Ihnen beraten lassen?«

»Sie hatte ihre eigenen Vorstellungen. Kommen Sie doch bitte einmal mit.«

Hinter der Buchhandlung gab es einen Raum, in dem sich Bücher in schwarzem Leineneinband bis zur Decke stapelten.

»Hier verbrachte sie oft eine halbe oder ganze Stunde, schmökerte in diesem oder jenem Buch.«

»Zuletzt hat sie *Lucien Leuwen* von Stendhal gelesen.«

»Stendhal war ihre neueste Entdeckung ... Zuvor hat sie alles von Chateaubriand, Alfred de Vigny, Jules Sandeau, Benjamin Constant, de Musset und George Sand gelesen. Lauter Romantiker ... Irgendwann nahm sie sich irgendeinen Balzac mit, brachte ihn aber gleich am nächsten Tag zurück. Das sei ihr zu brutal, hat sie gemeint. Balzac, brutal!«

»Keine zeitgenössischen Autoren?«

»Nein, nie ... Dafür hat sie den Briefwechsel zwischen George Sand und de Musset immer wieder gelesen.«

»Haben Sie vielen Dank.«

Er war schon fast an der Tür, als der Buchhändler ihn zurückrief.

»Ich habe noch etwas vergessen, das Sie vielleicht amüsieren wird. In einigen Büchern fand ich unterstrichene Sätze oder Wörter. Manchmal stand auch nur ein Kreuz am Rand. Ich habe mich gefragt, welcher meiner Kunden diese Marotte haben mochte. Und herausgefunden, dass sie es war.«

»Haben Sie es ihr gesagt?«

»Mir blieb nichts anderes übrig. Mein Gehilfe konnte nicht seine Zeit damit vertun, alles wieder auszuradieren.«

»Und wie hat sie darauf reagiert?«

»›Entschuldigen Sie bitte. Wenn ich lese, vergesse ich, dass die Bücher nicht mir gehören‹, hat sie etwas verkniffen geantwortet.«

Draußen war alles wie immer. Die Kurgäste, die hellen Baumstämme der Platanen, die Sonnenflecken und die unzähligen gelben Stühle.

Sie fand Balzac zu brutal. Und meinte wahrscheinlich: zu realistisch. Sie beschränkte sich auf die erste Hälfte des 19. Jahrhunderts; von Flaubert, Hugo, Zola, Maupassant wollte sie nichts wissen. Dennoch hatte Maigret in einer Ecke ihres Salons einen Stapel Kataloge bemerkt.

Wie von selbst begann sich das Bild, das er sich von ihr machte, zu vervollständigen. Sie las nur romantische, sentimentale Literatur, aber in ihrem Blick lag eine reale Härte.

»Hast du Lecœur gesehen?«

»Nein, er ist wegen eines Raubüberfalls nach Clermont-Ferrand gerufen worden.«

»Glaubst du, dass er den Mörder finden wird?«

Maigret fuhr zusammen. Jetzt wurde *er* in die Wirklichkeit zurückgerufen. Er dachte gar nicht mehr an den Mord. Er vergaß fast, dass die Besitzerin des Hauses mit den grünen Fensterläden erwürgt worden war und dass es jetzt darum ging, ihren Mörder zu finden.

Auch er suchte jemanden. Er dachte sogar häufiger daran, als ihm lieb war; so oft, dass es fast zu einer Besessenheit wurde.

Ihn interessierte vor allem der Mann, der zu einem bestimmten Zeitpunkt eine Rolle in diesem einsamen Leben gespielt hatte.

In der Rue du Bourbonnais fand sich nicht die geringste Spur von ihm. Kein Foto, kein Brief, nicht einmal ein paar Zeilen.

Nichts! Auch nicht von jemand anderem, abgesehen von den Rechnungen der Lieferanten.

Man musste zwölf Jahre zurückgehen, in jene Zeit, da sie noch eine junge Frau war und in der Rue Notre-Dame-de-Lorette wohnte, wo sie ein- oder zweimal die Woche für eine Stunde ein Mann besuchte, von dem man nichts wusste.

Selbst ihre Schwester Francine, die damals ebenfalls in Paris wohnte, behauptete, nichts Näheres zu wissen.

Hélène verschlang Bücher, sah fern, erledigte ihre Besorgungen, ihren Haushalt, ging wie alle Kurgäste im schattigen Park spazieren, ohne mit jemandem zu sprechen. Stattdessen lauschte sie der Musik am Pavillon und blickte starr vor sich hin.

Er konnte sich keinen Reim darauf machen. Er hatte im Laufe seiner Karriere Menschen kennengelernt, Männer wie Frauen, die versessen auf ihre Freiheit waren. Er war Sonderlingen begegnet, die sich von der Welt zurückgezogen hatten und sich an seltsamen, zumeist scheußlichen Orten verschanzten.

Aber selbst jene behielten immer irgendeine Verbindung zur Außenwelt. Für die alten Frauen war es zum Beispiel eine Bank auf einem Platz, wo sie andere alte Frauen trafen, oder die Kirche, der Beichtstuhl, der Pfarrer ... Alte Männer hatten ein Bistro als Ankerplatz, wo jeder sie kannte und herzlich begrüßte.

Hier begegnete Maigret zum ersten Mal der absoluten Einsamkeit.

Eine Einsamkeit, die nicht einmal aggressiv war. Mademoiselle Lange verhielt sich ihren Nachbarn und Lieferanten gegenüber nicht unfreundlich. Sie sah nicht auf sie herab, spielte trotz ihrer Vorliebe für gewisse Farben und einen gewissen Stil nicht die Dame von Welt.

Sie kümmerte sich einfach nicht um andere Menschen. Sie nahm Gäste auf, weil sie Zimmer zur Verfügung hatte, die sie nicht brauchte, und weil es ihr Geld einbrachte. Zwischen diesen Zimmern und dem Erdgeschoss war eine Grenze gezogen, und sie hatte ein mehr oder minder einfältiges junges Mädchen engagiert, das oben putzte.

»Erlauben Sie, Herr Kommissar?«

Ein Schatten, eine große Gestalt, die die Lehne eines Stuhls ergriffen hatte. Der Kommissar hatte den Mann schon in der Rue du Bourbonnais gesehen.

Es war ein Mitarbeiter von Lecœur, wahrscheinlich Trigaud. Er setzte sich, und Maigret fragte ihn:

»Woher wussten Sie, dass Sie mich hier finden würden?«

»Dicelle hat es mir gesagt.«

»Und wieso wusste Dicelle …«

»Es gibt keinen einzigen Polizisten in der Stadt, der Sie nicht vom Sehen kennt. Wo immer Sie auch hingehen …«

»Irgendwelche Neuigkeiten?«

»Heute Nacht habe ich eine Stunde am Bahnhof verbracht. Nachts sind andere Schalterbeamte im Dienst als am Tag. Heute Morgen war ich noch einmal dort, und anschließend habe ich mit Kommissar Lecœur in Clermont telefoniert.«

»Kommt er heute?«

»Er weiß es noch nicht. Aber er wird morgen früh zum Begräbnis hier sein und geht davon aus, dass Sie auch teilnehmen.«

»Haben Sie Francine gesehen?«

»Sie war kurz im Haus. Die Aussegnung des Leichnams wird morgen um neun stattfinden … Die Blumen sind wahrscheinlich von ihr.«

»Wie viele Kränze?«

»Ein einziger.«

»Bitte überprüfen Sie, ob er wirklich … Verzeihung, ich vergesse ganz, dass mich das gar nichts angeht.«

»Der Chef ist da anderer Meinung. Er hat mir nahegelegt, Ihnen zu berichten, was ich herausbekommen habe. Ich glaube, dass ein paar Leute aus der Brigade, meine Wenigkeit mit eingeschlossen, bald auf Reisen gehen werden.«

»Ist sie weit gereist?«

Trigaud zog ein Bündel Papiere aus seiner Tasche und fand schließlich, was er suchte.

»Die Fahrkartenverkäufer erinnern sich natürlich nicht an all ihre Reiseziele, aber einige Städtenamen sind ihnen besonders aufgefallen. Zum Beispiel Straßburg, und einen Monat zuvor ist sie nach Brest gefahren. Ihnen ist außerdem aufgefallen, dass die Zugverbindungen oft umständlich waren. Sie musste häufig umsteigen. Carcassonne, Dieppe, Lyon, was nicht so weit entfernt ist. Lyon bildet übrigens eine Ausnahme. Die meisten Reisen waren länger. Nancy, Montélimar …«

»Keine Kleinstädte, keine Dörfer?«

»Nein, nur große Städte. Allerdings hätte sie natürlich auch mit dem Bus weiterfahren können.«

»Keine Fahrkarten nach Paris?«

»Nicht eine.«

»Wie lange ging das schon so?«

»Der letzte Fahrkartenverkäufer, den ich befragt habe, sitzt schon seit neun Jahren hinter demselben Schalter. Er hat mir versichert, dass sie schon damals regelmäßig ihre Fahrkarten bei ihm gekauft hat.

Am Bahnhof kannte man sie und wartete regelrecht auf ihr Erscheinen. Manchmal haben die Angestellten sogar darauf gewettet, welche Stadt die nächste sein würde.«

»Gab es mehr oder weniger feste Reisetermine?«

»Nein, das eben nicht … Manchmal sah man sie sechs Wochen nicht, vor allem in der Sommersaison. Wahrscheinlich wegen der Untermieter. Sie reiste weder auffällig oft am Monatsende noch an irgendeinem anderen festen Datum.«

»Hat Lecœur Ihnen gesagt, was er vorhat?«

»Er hat Fotoabzüge von ihr bestellt und wird zunächst einige Männer in die nahegelegenen Städte schicken. Außerdem gehen heute noch Fotos an die lokalen Dienststellen der Kriminalpolizei.«

»Wissen Sie, warum Lecœur Sie beauftragt hat, mich davon in Kenntnis zu setzen?«

»Er hat mir nichts gesagt. Er wird annehmen, dass Sie eine Idee haben … Ich glaube das übrigens auch.«

Man hielt ihn immer für schlauer, als er war, und wenn er widersprach, waren die Leute überzeugt, es sei eine Finte.

»Sind viele Trauergäste in der Rue du Bourbonnais?«

»Dicelle sagt, es hätte gegen zehn Uhr begonnen. Eine Frau mit Schürze hätte den Kopf zur Tür hineingesteckt und wäre zögerlich eingetreten. In dem

Zimmer, in dem die Tote aufgebahrt ist, hätte sie einen Rosenkranz aus ihrer Schürzentasche gezogen und ihre Lippen stumm bewegt. Sie hätte ein Kreuz mit dem in Weihwasser getauchten Buchsbaum geschlagen und wäre wieder verschwunden.

Sie hat sozusagen den Damm gebrochen und die Nachbarinnen benachrichtigt. Die sind daraufhin allein oder zu zweit gekommen.«

»Keine Männer?«

»Doch, ein paar, der Metzger, ein Tischler, der am Ende der Straße wohnt, und noch ein paar aus dem Viertel.«

Warum sollte der Mord nicht von jemandem aus dem Viertel begangen worden sein? Man suchte überall, bemühte sich, das Leben der Dame in Lila in Nizza, in Paris, ihre Reisen in alle Himmelsrichtungen Frankreichs zu rekonstruieren, aber niemand dachte an die Nachbarn, an die vielen Menschen, die im Quartier de France wohnten.

Auch Maigret nicht.

»Können Sie mir nicht sagen, was ich tun soll?«

Trigaud sagte das nicht aus eigenem Antrieb. Diese Frage war ihm bestimmt von dem schlauen Lecœur diktiert worden. Warum sollte man Maigrets Anwesenheit nicht nutzen?

»Ich frage mich, ob die Fahrkartenverkäufer sich vielleicht an ein paar genaue Daten erinnern können.

Es brauchen nicht viele zu sein. Zwei oder drei würden genügen.«

»Ein Datum habe ich bereits: den 11. Juni. Der Schalterbeamte erinnert sich daran, weil es sich um Reims gehandelt hatte. Seine Frau stammt aus Reims und hatte an jenem Tag Geburtstag.«

»Ich würde mich an Ihrer Stelle bei der Bank erkundigen, ob am 13. oder 14. eine Geldüberweisung eingegangen ist.«

»Ich verstehe, was Sie meinen. Eine Erpressung, wie?«

»Oder eine Unterhaltszahlung.«

»Aber eine Unterhaltszahlung wird doch immer zu einem bestimmten Datum gezahlt.«

»Ja, das ist wahr.«

Trigaud blickte Maigret von der Seite an. Er war überzeugt davon, dass er ihm etwas vorenthielt oder sich über ihn lustig machte.

»Ich würde mich lieber um den Raubüberfall kümmern«, murmelte er. »Bei solchen Verbrechern weiß man wenigstens, woran man ist. Entschuldigen Sie bitte die Störung ... Meine Verehrung, Madame.«

Verlegen erhob er sich, wusste nicht recht, wie er weitermachen sollte, außerdem blendete ihn die Sonne.

»Für die Bank ist es schon zu spät. Ich werde um zwei Uhr hingehen und anschließend noch einmal zum Bahnhof, falls nötig.«

Maigret erinnerte sich gut. Auch er hatte sich damals die Sohlen ablaufen müssen, stundenlang, bei Hitze und bei Regen. Er hatte Leute verhört, die ihm misstrauten, und ihnen jedes Wort aus der Nase ziehen müssen.

»Trinken wir unser Wasser ...«

Trigaud hingegen würde sich wahrscheinlich mit einem großen Glas Bier erfrischen!

»Um elf Uhr an der Quelle. Ich hoffe, ich bin pünktlich da.«

Er klang nicht gerade heiter. Madame Maigret hatte befürchtet, dass er sich in Vichy langweilen würde, ganz ohne Aufgabe und von morgens bis abends an ihrer Seite.

Seine heitere Gelassenheit der ersten Tage hatte sie nur mäßig beruhigt. Die Frage hatte sich ihr aufgedrängt, wie lange diese Stimmung wohl anhalten würde.

Seit drei Tagen war er nun wirklich missmutig, und zwar immer dann, wenn er einen ihrer Spaziergänge versäumte.

An diesem Tag fand die Beerdigung statt, und er hatte Lecœur versprochen, daran teilzunehmen. Die Sonne schien nach wie vor, und in den Straßen spürte man noch die morgendliche Frische und Feuchtigkeit.

Die Rue du Bourbonnais bot einen ungewöhnlichen Anblick. Neben den Anwohnern, die sich auf ihre Ellbogen gestützt aus den Fenstern lehnten, als wohnten sie einer Parade bei, säumten Schaulustige den Gehsteig und drängten sich vor dem Trauerhaus dicht zusammen.

Der Leichenwagen war bereits vorgefahren. Dahinter parkte ein dunkles Auto, das wahrscheinlich vom Bestattungsinstitut geschickt worden war, und ein weiteres, das Maigret nicht kannte.

Lecœur kam ihm entgegen.

»Ich habe meine Bankräuber im Stich lassen müssen«, erklärte er. »Raubüberfälle kommen jeden Tag vor. Die Öffentlichkeit ist daran gewöhnt und mehr oder weniger gleichmütig. Wenn dagegen in einer so ruhigen Stadt wie Vichy eine Frau ohne erkennbares Motiv in ihrer Wohnung erwürgt wird …«

Maigret erkannte den roten Haarschopf des Fotografen der *Tribune.* Zwei oder drei weitere Fotografen machten Aufnahmen auf der Straße, und einer von ihnen schoss ein Foto, als die beiden Kommissare die Straße überquerten.

Eigentlich gab es nicht viel zu sehen, und die Schaulustigen blickten einander an, als fragten sie sich, warum sie überhaupt da wären.

»Sind Ihre Leute auch hier?«

»Ja, drei Männer. Dicelle sehe ich nicht, aber er muss ganz in der Nähe sein. Er hatte die Idee, sich von dem Metzgergesellen begleiten zu lassen, der jeden hier kennt. Er wird ihm diejenigen zeigen können, die nicht aus dem Viertel sind.«

Das Ganze wirkte weder bedrückend noch feierlich. Alle warteten, auch Maigret.

»Fahren Sie zum Friedhof?«, fragte er Lecœur.

»Es wäre mir lieb, wenn Sie auch mitkämen, Chef. Ich bin mit dem eigenen Wagen hier. Das Polizeiauto wäre vielleicht etwas geschmacklos.«

»Wo ist Francine?«

»Im Haus. Sie ist vor ein paar Minuten mit ihrem Gigolo eingetroffen.«

»Ich sehe ihren Wagen nicht.«

»Die Herren vom Bestattungsinstitut wissen, was sich bei solchen Anlässen gehört, und haben ihnen wahrscheinlich zu verstehen gegeben, dass ein rotes Cabriolet in einem Trauerzug ebenso wenig verloren hat wie ein Polizeiauto … Sie werden den schwarzen Wagen nehmen.«

»Hat sie mit Ihnen gesprochen?«

»Sie hat mich flüchtig gegrüßt. Sie wirkte nervös und unruhig. Ehe sie ins Haus ging, hat sie ihren Blick über die Menge der Schaulustigen schweifen lassen, als ob sie jemanden suchen würde.«

»Ich kann den jungen Dicelle nirgendwo entdecken.«

»Er hat wahrscheinlich mit dem Metzgergesellen irgendein Fenster ausfindig gemacht und sich dort postiert.«

Leute traten aus dem Haus, zwei gingen noch hinein, kamen aber gleich darauf wieder heraus. Dann setzte sich der Fahrer des Leichenwagens hinters Steuer.

Wie auf ein Zeichen trugen vier Männer den Sarg hinaus. Sie drängten sich mit Mühe durch die Tür und hievten ihn in den Wagen.

Einer von ihnen ging noch einmal ins Haus und kehrte mit einem Kranz und einem kleineren Strauß Blumen zurück.

»Die Blumen sind von den Mietern.«

Francine Lange stand in einem unvorteilhaften schwarzen Kleid, das sie am Vortag in der Rue Georges-Clemenceau gekauft haben musste, in der Tür. Hinter ihr, im Halbdunkel des Flurs, erahnte man ihren Begleiter.

Der Leichenwagen setzte sich in Bewegung, und Francine stieg mit ihrem Liebhaber in das schwarze Auto.

»Kommen Sie, Chef.«

Die Leute auf dem Gehsteig rührten sich nicht, nur die Fotografen liefen geschäftig auf der Straße hin und her.

»Kommt sonst niemand mit?«, fragte Maigret und wandte sich um.

»Sie hatte keine weiteren Angehörigen, und auch keine Freunde.«

»Und die Mieter?«

»Maleski muss um zehn Uhr beim Arzt sein und die dicke Vireveau beim Masseur.«

Sie fuhren durch zwei oder drei Straßen, die der Kommissar kannte, weil er dort schon umhergeschlendert war. Er stopfte seine Pfeife, betrachtete die Häuser, wunderte sich, dass sie am Bahnhof vorbeikamen.

Bis zum Friedhof war es nicht weit. Er lag auf der anderen Seite der Bahnschienen und war menschenleer. Der Leichenwagen rollte langsam ans Ende der großen Allee.

Bis auf die Herren des Bestattungsinstituts waren es lediglich vier Trauergäste, die in den Kiesweg einbogen. Lecœur und Maigret gingen ganz unbefangen auf das Paar zu. Der Gigolo hatte seine Sonnenbrille aufgesetzt.

»Reisen Sie bald wieder ab?«, fragte Maigret.

Er hatte ohne jede Absicht gefragt, einfach um etwas zu sagen, und er merkte, dass sie ihn misstrauisch musterte.

»Ich werde wahrscheinlich noch zwei oder drei Tage bleiben müssen, um alles zu ordnen.«

»Was werden Sie mit den Mietern machen?«

»Ich werde sie bis zum Ende des Monats im Haus wohnen lassen und die Zimmer im Erdgeschoss abschließen.«

»Haben Sie vor, das Haus zu verkaufen?«

Ehe sie darauf antworten konnte, kam einer der

Männer im schwarzen Anzug auf sie zu. Sie schoben den Sarg auf einer Bahre über einen schmalen Weg bis zum Rand des Friedhofs, wo ein Grab ausgehoben worden war.

Ein Fotograf – nicht der große Rotschopf, sondern ein anderer – tauchte von weiß Gott woher auf und machte einige Aufnahmen, während der Sarg in das Grab hinuntergelassen wurde und Francine Lange nach den Anweisungen des Bestatters eine Schaufel Erde in die Grube warf.

Wenige Meter davon entfernt, hinter einer niedrigen Mauer, lag eine Brache, auf der Autowracks vor sich hin rosteten. Gleich dahinter blickte man auf ein paar weiße Häuser. Der Leichenwagen fuhr wieder ab, und auch der Fotograf verließ den Friedhof. Lecœur zwinkerte Maigret zu, doch der Kommissar schien so in seine Gedanken vertieft, dass er es nicht verstand. Aber an was genau dachte er eigentlich? An La Rochelle, das er sehr mochte, an die Rue Notre-Dame-de-Lorette, an die Zeit, als er noch Sekretär des Kommissars vom 9. Arrondissement war, und auch an die Boulespieler.

Mit einem zusammengeknüllten Taschentuch in der Hand kam Francine auf sie zu. Sie hatte es nicht benutzt, um ihre Tränen zu trocknen. Sie hatte nicht geweint, war ebenso wenig gerührt wie die Sargträger oder der Totengräber. Es war nichts Ergreifendes an diesem nüchternen Begräbnis.

Sie knetete das Taschentuch lediglich, um ihre Unsicherheit zu überspielen.

»Ich weiß nicht, wie das hier gemacht wird. Für gewöhnlich gibt es nach der Beerdigung noch ein Essen, nicht wahr? Aber Sie haben sicher keine Lust, mit uns zu Mittag zu essen, oder?«

»Die Arbeit …«, murmelte Lecœur.

»Darf ich Sie wenigstens auf ein Glas einladen?«

Maigret war überrascht, wie verändert sie wirkte. Auch hier auf dem verlassenen Friedhof, von dem selbst der Fotograf verschwunden war, sah sie sich ständig um, als ob eine Gefahr drohte.

»Wir werden wahrscheinlich noch einmal Gelegenheit haben, uns wiederzusehen«, antwortete Lecœur diplomatisch.

»Haben Sie immer noch nichts herausgefunden?«

Bei dieser Frage blickte sie nicht ihn an, sondern Maigret, als erwartete sie etwas von ihm.

»Die Ermittlungen sind im Gange …«

Maigret stopfte den Tabak in seine Pfeife und versuchte zu verstehen. Sie hatte sicher so manchen Schlag erlitten und war in der Lage, der Realität ins Auge zu blicken. Es war nicht der Tod ihrer Schwester, der sie so sehr mitnahm, denn am ersten Tag war sie lebhaft und heiter gewesen.

»Dann, meine Herren … Was soll ich sagen … Also auf Wiedersehn. Und vielen Dank, dass Sie gekommen sind.«

Wäre sie noch eine Minute länger geblieben, hätte Maigret sie vielleicht gefragt, ob jemand sie bedroht habe. Sie entfernte sich auf ihren hohen Absätzen, und sobald sie die Tür ihres Hotelzimmers hinter sich zugemacht hätte, würde sie das schwarze Kleid ablegen, das sie sich nur für diesen Anlass gekauft hatte.

»Was sagen Sie dazu?«, fragte Maigret seinen Kollegen aus Clermont-Ferrand.

»Haben Sie es auch bemerkt? Ich würde mich gern einmal unter vier Augen mit ihr unterhalten, aber ich müsste einen plausiblen Grund finden, um sie vorzuladen. Heute wäre es unangebracht ... Sie scheint Angst zu haben.«

»Den Eindruck habe ich auch.«

»Glauben Sie, dass man sie bedroht hat? Was würden Sie an meiner Stelle tun?«

»Wie meinen Sie das?«

»Wir wissen nicht, warum ihre Schwester erwürgt wurde. Es könnte sich schließlich auch um eine Familientragödie handeln. Wir wissen so gut wie nichts über diese Leute. Vielleicht handelt es sich um eine Angelegenheit, in die beide Frauen verwickelt sind. Hat sie Ihnen nicht gesagt, dass sie noch zwei oder drei Tage in Vichy bleiben wird? Ich habe nicht viele Polizisten zur Verfügung, aber die Aufklärung des Raubüberfalls kann warten. Berufsverbrecher fasst man am Ende immer.«

Sie hatten sich in den Wagen gesetzt und fuhren langsam zum Ausgang des Friedhofs.

»Ich werde sie so diskret wie möglich überwachen lassen, was allerdings in einem Hotel beinahe unmöglich ist ... Wo soll ich Sie absetzen?«

»Irgendwo in der Nähe des Parks.«

»Richtig, Sie sind als Kurgast hier. Ich weiß nicht, warum ich mich einfach nicht an den Gedanken gewöhnen kann.«

Er glaubte zunächst, seine Frau sei nicht gekommen, denn er fand sie nicht auf ihrem Stuhl. Sie waren so sehr daran gewöhnt, sich jeden Tag an derselben Stelle einzufinden, dass es ihn überraschte, sie auf einem anderen Stuhl im Schatten eines anderen Baums zu erblicken.

Heimlich beobachtete er sie einen Augenblick. Sie zeigte keinerlei Ungeduld. Sie trug ein helles Kleid, hatte die Hände in den Schoß gelegt und betrachtete die Spaziergänger mit einem zufriedenen Lächeln.

»Da bist du ja!«, rief sie.

Und fügte hinzu:

»Unsere Stühle sind besetzt ... Ich habe den Leuten zugehört, ich glaube, es sind Holländer. Hoffentlich sind sie nur auf der Durchreise und sitzen nicht jeden Tag dort ... Ich hätte übrigens nicht damit gerechnet, dass die Beerdigung so rasch vorbei sein würde.«

»Der Friedhof ist nicht weit.«

»Waren viele Leute da?«

»Vor dem Haus schon. Am Grab waren wir nur zu viert.«

»War ihr Liebhaber auch dabei? Aber komm, wir wollen ein Glas Wasser trinken.«

Sie mussten sich einen Augenblick anstellen, dann kaufte Maigret die Pariser Tageszeitungen, in denen kaum etwas über den Würger von Vichy stand. Eine einzige Zeitung hatte am Vortag ebendiese Schlagzeile gebracht: *Der Würger von Vichy*, und etwas weiter unten das Foto von Maigret abgedruckt.

Er war gespannt darauf, was die Ermittlungen ergeben hatten, die in einigen der Städte durchgeführt worden waren, die die Frau, vielmehr die Dame in Lila, unregelmäßig bereist hatte.

Dennoch ließ er seine Gedanken schweifen, während er las, und nahm über den Rand der Zeitung die Schatten der vorbeischlendernden Kurgäste wahr. Schon bald mussten sie ihre Stühle ein Stück nach hinten rücken, da sie inzwischen in der prallen Sonne saßen.

Das war der Vorteil ihres alten Platzes gewesen, den jetzt die Holländer besetzt hatten; in der Zeit, die sie im Park verbrachten, lag er im Schatten.

»Willst du keine Zeitung?«

»Nein. Eben sind die beiden Heiteren vorbeigegangen, und er hat dich überschwänglich gegrüßt.«

Inzwischen waren sie in der Menge verschwunden.

»Hat die Schwester geweint?«

»Nein.«

Er musste immer wieder an sie denken. Hätte er die Ermittlungen geführt, er hätte sie auch in seinem Büro verhört, wo niemand ihn störte. Im Verlauf des Vormittags kam sie ihm noch mehrmals in den Sinn. Sie kehrten ins Hôtel de la Bérézina zurück, gingen hinauf, um sich frisch zu machen, und schließlich zu Tisch. Auf jedem Tisch, außer auf ihrem, standen angebrochene Weinflaschen neben schmalen Glasvasen mit zwei oder drei Schnittblumen.

»Es gibt *Mailänder Schnitzel* oder Kalbsleber.«

»Schnitzel …« Maigret seufzte. »Aber bitte ohne Sauce. Ich bin nur zu Besuch, aber Rian wird nächstes Jahr und die folgenden auch noch hier sein. Auf ihn kommt es an.«

»Fühlst du dich nicht besser als in Paris?«

»Ja, aber nur, weil ich nicht in Paris bin. Ich habe mich übrigens nie wirklich schlecht gefühlt. Mal ein Völlegefühl, ein leichter Schwindel, darüber klagt doch jeder ab und zu.«

»Aber du hast doch Vertrauen zu Pardon!«

»Was bleibt mir anderes übrig?«

Sie hatten bereits die Nudeln gegessen, die zugleich Horsd'œuvre und erster Gang waren, und man servierte gerade das Schnitzel, als Maigret ans Telefon gerufen wurde.

Es war in einem kleinen Zimmer, dessen Fenster auf die Straße ging.

»Hallo? ... Störe ich Sie auch nicht? Waren Sie schon beim Essen?«

Er hatte Lecœurs Stimme erkannt und knurrte:

»Bei dem, was sie einem hier auftischen ...«

»Es gibt Neuigkeiten. Einer meiner Männer, den ich zum Hôtel de la Gare geschickt habe, um es zu überwachen, hatte den guten Einfall, sich nach der Zimmernummer von Francine Lange zu erkundigen. Und der Rezeptionist hat ihm mitgeteilt, dass sie bereits abgereist ist.«

»Wann?«

»Kaum eine halbe Stunde nachdem wir uns von ihr verabschiedet hatten. Die beiden scheinen gleich bei ihrer Ankunft im Hotel, noch ehe sie hinaufgegangen sind, um die Rechnung gebeten zu haben. Sie müssen im Nu ihre Koffer gepackt haben, denn schon zehn Minuten später riefen sie nach dem Gepäckträger.

Dann haben sie alles in ihrem roten Auto verstaut und sind verschwunden.«

Maigret schwieg, Lecœur ebenfalls, und es entstand eine ziemlich lange Pause.

»Was halten Sie davon, Chef?«

»Sie hat Angst.«

»Natürlich, die hatte sie schon heute Morgen. Das konnte man ihr ansehen. Trotzdem hat sie uns gesagt, sie wolle noch zwei bis drei Tage in Vichy bleiben.«

»Vielleicht, damit Sie sie nicht verhaften.«

»Wie hätte ich sie verhaften können, wenn nichts gegen sie vorliegt?«

»Sie kennen das Gesetz, aber Francine Lange kennt es nicht.«

»Heute Abend oder morgen früh werden wir wissen, ob sie nach La Rochelle zurückgekehrt ist.«

»Das ist das Wahrscheinlichste.«

»Ich glaube es auch, aber ich bin deshalb nicht weniger wütend. Ich hatte die Absicht, mich noch ausführlicher mit ihr zu unterhalten. Aber ich werde womöglich auch so noch mehr erfahren ... Hätten Sie um zwei Uhr Zeit?«

Das war die Zeit, da er seinen Mittagsschlaf hielt, und er antwortete mürrisch:

»Wie Sie wissen, habe ich nichts Besonderes vor.«

»Heute Vormittag hat jemand bei der örtlichen Polizei angerufen und nach mir verlangt. Ich bin im Augenblick hier in Vichy. Ich habe mich nun doch entschlossen, das Büro, das man mir angeboten hat, zu benutzen ... Es handelte sich um ein junges Mädchen. Sie heißt Madeleine Dubois ... Und raten Sie, was sie arbeitet!«

Maigret schwieg.

»Sie macht Nachtdienst als Telefonistin im Hôtel de la Gare. Mein Kollege hat ihr gesagt, ich würde gegen zwei Uhr im Büro in der Avenue Victoria sein. Er hat sie gefragt, ob sie ihm nicht sagen könne, um was es sich handle. Aber sie wollte lieber mit mir sprechen. Ich erwarte sie also um zwei.«

»Ich werde dort sein.«

Er verzichtete auf seinen Mittagsschlaf und entdeckte stattdessen die hübsche weiße Villa mit den Türmchen, die inmitten eines Parks stand, der Sitz der Polizei von Vichy. Ein Polizist führte ihn in den ersten Stock, wo sich am Ende eines Flurs ein karg eingerichtetes Büro befand, das man Lecœur überlassen hatte.

»Es ist fünf Minuten vor zwei«, bemerkte dieser. »Hoffentlich hat sie es sich inzwischen nicht anders überlegt! Ich muss übrigens noch einen dritten Stuhl besorgen.«

Man hörte ihn im Flur Türen öffnen, bis er schließlich fand, was er suchte.

Punkt zwei klopfte der diensthabende Polizist an die Tür und meldete:

»Mademoiselle Dubois.«

Sie trat ein, eine kleine, lebhafte Person mit dunklem Haar und sehr wachem Blick, der von einem der beiden Männer zum anderen wanderte.

»An wen muss ich mich wenden?«

Lecœur stellte sich vor, ohne Maigret einzubeziehen, der sich in eine Ecke gesetzt hatte.

»Ich weiß nicht, ob Sie das, was ich zu sagen habe,

interessieren wird. Ich hatte dem zunächst keine Bedeutung beigemessen. Das Hotel ist ausgebucht ... Bis ein Uhr morgens hatte ich viel zu tun und bin dann wie immer eingenickt ... Es handelt sich um einen unserer Gäste: Madame Lange.«

»Sie meinen Mademoiselle Francine Lange?«

»Ich dachte, sie sei verheiratet. Ich weiß, ihre Schwester ist gestorben und heute Vormittag beerdigt worden. Gestern Abend um halb neun hat jemand für sie angerufen.«

»Ein Mann?«

»Ja, ein Mann mit einer merkwürdigen Stimme. Ich bin fast sicher, dass er an Asthma leidet, denn ich hatte einen Onkel, der an der gleichen Krankheit litt und genauso sprach.«

»Hat er seinen Namen genannt?«

»Nein.«

»Hat er nach der Zimmernummer gefragt?«

»Nein. Ich habe versucht hochzustellen, aber es hat sich niemand gemeldet. Daraufhin habe ich ihm gesagt, sie sei nicht da. Um neun hat er ein zweites Mal angerufen, aber in der Vierhundertsechs hat sich wieder keiner gemeldet.«

»Hatten Mademoiselle Lange und ihr Begleiter ein Doppelzimmer?«

»Ja ... Um elf hat der Mann zum dritten Mal angerufen. Diesmal hat Mademoiselle Lange abgehoben, und ich habe sie verbunden.«

Sie war ein wenig verlegen und blickte zu Maigret, als wollte sie sich davon überzeugen, welchen Eindruck sie auf ihn machte. Bestimmt hatte auch sie ihn erkannt.

»Haben Sie mitgehört?«, murmelte Lecœur freundlich.

»Sie müssen es mir nachsehen … Es ist eigentlich nicht meine Art. Wir stehen zwar in dem Ruf, Gespräche mit anzuhören, aber wenn die Leute wüssten, wie uninteressant das ist, würden sie anders denken … Ich habe es vielleicht wegen des Mords an ihrer Schwester getan oder wegen der merkwürdigen Stimme des Mannes.

›Wer ist am Apparat?‹, hat sie gefragt.

›Ich spreche doch mit Mademoiselle Francine Lange?‹

›Ja.‹

›Sind Sie allein im Zimmer?‹

Sie hat gezögert. Ich war fast sicher, dass ihr Begleiter bei ihr war.

›Ja … Aber was geht Sie das an?‹

›Ich habe Ihnen etwas Vertrauliches mitzuteilen … Hören Sie mir gut zu. Wenn ich unterbrochen werde, rufe ich in einer halben Stunde wieder an …‹

Er atmete schwer, manchmal hörte man ein Pfeifen, wie bei meinem Onkel.

›Ich höre … Sie haben mir aber noch nicht gesagt, wer Sie sind.‹

›Das spielt keine Rolle. Sie müssen unbedingt noch ein paar Tage in Vichy bleiben. Es ist in Ihrem Interesse. Ich werde Kontakt mit Ihnen aufnehmen, wann, weiß ich noch nicht. Unser Gespräch wird Ihnen eine sehr große Summe einbringen ... Haben Sie mich verstanden?‹

Dann hat er aufgelegt. Ein paar Minuten später hat die Vierhundertsechs angerufen.

›Hier Francine Lange. Ich bin eben angerufen worden. Können Sie mir sagen, ob es ein Anruf aus Vichy oder von auswärts war?‹

›Aus Vichy.‹

›Ich danke Ihnen.‹

Das ist alles. Zuerst habe ich gedacht, dass mich das ja nichts angeht. Aber als ich heute Vormittag nicht einschlafen konnte, habe ich hier angerufen und mich nach dem zuständigen Kommissar erkundigt.«

Sie nestelte nervös an ihrer Handtasche herum, und ihr Blick wanderte von einem der Männer zum anderen.

»Glauben Sie, dass das wichtig ist?«

»Sind Sie inzwischen im Hotel gewesen?«

»Mein Dienst beginnt erst um acht Uhr abends.«

»Mademoiselle Lange ist abgereist.«

»Hat sie nicht an der Beerdigung ihrer Schwester teilgenommen?«

»Sie hat Vichy fast unmittelbar nach der Beerdigung verlassen.«

»Ach!«

Dann nach einem Schweigen:

»Sie glauben, dass der Mann sie in einen Hinterhalt locken wollte, nicht wahr? War es vielleicht der Würger?«

Sie erblasste bei dem Gedanken, den Mörder der Dame in Lila am Apparat gehabt zu haben.

Maigret bedauerte nicht mehr, dass er seinen Mittagsschlaf versäumt hatte.

5

Nachdem die Telefonistin gegangen war, blieben die beiden Männer in dem Büro sitzen. Maigret rauchte in Ruhe seine Pfeife und Lecœur eine Zigarette, die ihm jeden Augenblick den Schnurrbart zu versengen drohte. Der Qualm dehnte sich langsam über ihren Köpfen aus. Auf dem Hof hörte man ein Dutzend Polizisten ihre Turnübungen machen.

Sie schwiegen eine ganze Weile. Sie waren alte Hasen, die ihr Handwerk beherrschten. Sie hatten es schon mit jeglicher Art von Verbrechern und Zeugen zu tun gehabt.

»Offensichtlich war er derjenige, der angerufen hat«, sagte Lecœur schließlich und seufzte.

Maigret antwortete nicht gleich. Sie reagierten auf unterschiedliche Weise. Ganz zu schweigen von den Methoden – ein Wort, das übrigens beiden nicht behagte –, packte jeder von ihnen ein Problem anders an.

So hatte sich Maigret, seit die Dame in Lila erwürgt worden war, kaum Gedanken über den Mörder gemacht. Ganz intuitiv. Ihn verfolgte das

Bild der Frau, die auf ihrem gelben Stuhl vor dem Musikpavillon saß, ihr längliches Gesicht, ihr sanftes Lächeln, das die Härte in ihrem Blick manchmal Lügen strafte.

Kleine Farbtupfer hatten dieses Bild vervollständigt, nachdem er das Haus in der Rue du Bourbonnais gesehen und von ihrem Aufenthalt in Nizza und ihrem Leben in Paris erfahren hatte – zumindest das wenige, was darüber bekannt war – und von den Büchern, die sie las.

Der Würger war nur ein Schemen, ein großer, starker Mann, von dem Madame Vireveau behauptet hatte, sie habe ihn an einer Straßenecke vorbeieilen sehen, und den auch ein Barbesitzer bemerkt haben wollte, ohne jedoch seine Gesichtszüge näher beschreiben zu können.

Allmählich begann er auch über ihn nachzudenken.

»Wie mag er herausgefunden haben, dass Francine Lange im Hôtel de la Gare wohnte?«

In den Tageszeitungen, die von der Ankunft der Schwester des Opfers berichtet hatten, stand nichts von einer Adresse.

Maigret tastete sich zögernd, Schritt für Schritt voran.

»Er hätte doch einfach in verschiedenen Hotels anrufen und Mademoiselle Lange verlangen können?«

Er stellte sich ihn mit einem Telefonbuch vor: seitenweise Hotels. Hatte er sie in alphabetischer Reihenfolge angerufen?

»Sie könnten einmal in einem Hotel anrufen, dessen Name mit A oder B beginnt.«

Amüsiert nahm Lecœur den Hörer ab.

»Verbinden Sie mich mit dem Hôtel d'Angleterre. Nein, nicht mit der Direktion oder dem Empfang. Ich möchte die Telefonistin sprechen ... Hallo? Ist dort die Telefonistin des Hôtel d'Angleterre? Hier die Kriminalpolizei. Hat jemand von Ihnen mit einer gewissen Mademoiselle Lange verbunden werden wollen? ... Nein, nicht das Opfer, ihre Schwester, Francine Lange ... Ja ... Fragen Sie Ihre Kollegin.«

Und zu Maigret sagte er:

»Sie sind zu zweit in der Telefonzentrale. Das Hotel hat fünf- oder sechshundert Zimmer ... Hallo, ja ... Gestern Morgen? Geben Sie mir bitte Ihre Kollegin. Hallo? ... Sie haben den Anruf angenommen? Ist Ihnen etwas aufgefallen? Eine heisere Stimme, sagen Sie, als ob der Mann ... Ja, ich verstehe ... Danke.«

Und wieder zu Maigret:

»Gestern Morgen gegen zehn Uhr. Eine heisere Stimme, oder eher das schwere Atmen eines Mannes.«

Jemand, der eine Kur macht, hatte Maigret vom ersten Tag an gedacht, und der Hélène Lange zufällig begegnet war. Er war ihr nachgegangen, um herauszufinden, wo sie wohnte.

Das Telefon klingelte: der Inspektor, der nach Lyon geschickt worden war. Er hatte in den Hotels der Stadt keine Spur des Opfers gefunden, aber eine Postangestellte erinnerte sich an sie. Sie war zweimal dort gewesen, beide Male, um eine postlagernde Sendung abzuholen, einen dicken gepolsterten Umschlag. Das erste Mal hatte es eine Woche gedauert, bis sie das Couvert abholte, das zweite Mal war es kurz zuvor angekommen.

»Haben Sie die Daten?«

Gedankenverloren zog Maigret genüsslich an seiner Pfeife, entließ kleine Rauchwölkchen und sah seinem Kollegen bei der Arbeit zu.

»Hallo? Crédit Lyonnais? Haben Sie die Liste der Einzahlungen aufgestellt, um die ich Sie gebeten hatte? Nein ... Ich werde sie nachher abholen lassen ... Können Sie mir sagen, ob unmittelbar nach dem 13. Januar des vorigen Jahres eine Einzahlung erfolgt ist, und eine andere nach dem 22. Februar dieses Jahres? ... Ja, ich warte.«

Es dauerte nicht lange.

»Am 15. Januar 8000 Franc ... am 23. Februar dieses Jahrs 5000 Franc.«

»Im Durchschnitt betrugen die Überweisungen etwa 5000 Franc?«

»Fast alle. Die Ausnahmen sind selten. Ich habe

den Auszug vor mir. Vor fünf Jahren, sehe ich hier, sind 25 000 Franc auf das Konto eingezahlt worden. Es ist die einzige Summe in dieser Höhe.«

»Immer in Scheinen?«

»Immer.«

»Wie viel ist augenblicklich auf dem Konto?«

»452 650 Franc.«

Lecœur wiederholte diese Summe für Maigret.

»Sie war reich«, flüsterte er. »Trotzdem hat sie während der Saison Zimmer vermietet.«

Zu seinem Erstaunen hörte er den Kommissar antworten:

»Er ist sehr reich.«

»Das stimmt. Das Geld scheint aus derselben Quelle zu kommen. Ein Mann, der monatlich 5000 Franc zahlen kann und manchmal noch mehr.«

Aber dieser Mann wusste nicht, dass Hélène Lange in Vichy ein kleines weißes Haus mit hellgrünen Fensterläden im Quartier de France besaß. Jede Geldsendung ging an eine andere Adresse.

Vielleicht war das Geld zu einem festen Datum geschickt worden, und Mademoiselle Lange holte es absichtlich erst einige Tage später ab, um sicher zu sein, dass das jeweilige Postamt nicht überwacht wurde.

Ein reicher Mann, zumindest einer, dem es sehr gut geht … Als er mit der Schwester, Francine Lange, telefonierte, hatte er ihr keinen genauen Termin genannt. Er hatte sie gebeten, noch ein paar Tage in Vichy zu bleiben und auf seinen Anruf zu warten ... Warum?

»Er muss verheiratet sein. Er ist mit seiner Frau hier, und vielleicht auch mit seinen Kindern. Er ist nicht jederzeit frei ...«

Lecœur schien seinerseits darüber amüsiert, zuzusehen, wie Maigrets Gehirn arbeitete. Aber war es denn sein Gehirn? Bemühte er sich nicht vielmehr, sich in den Mann hineinzuversetzen?

»In der Rue du Bourbonnais hat er nicht gefunden, was er suchte. Und Hélène Lange hat nichts gesagt. Hätte sie etwas gesagt, wäre sie vermutlich nicht tot. Er hat ihr Angst einjagen wollen, um die Auskunft zu erhalten, die er brauchte.«

»Trotz seiner Frau war er also an dem Abend frei ...«

Maigret schwieg, dachte aber über diesen Einwand nach.

»Was wurde am Montag im Theater gegeben?«

Lecœur nahm den Hörer ab, um sich zu erkundigen.

»*Tosca* ... Es war ausverkauft.«

Es war sicherlich keine handfeste Beweisführung. Maigret versuchte sich den Mann vorzustellen, einen Mann in ziemlich bedeutender Stellung, der wahrscheinlich in einem der besten Hotels Vichys abgestiegen war. Er hatte Frau und Freunde ...

Am Sonntag oder Samstagabend war er Hélène Lange begegnet und war ihr gefolgt, um zu sehen, wo sie wohnte.

Am Montag führte man im Theater des Grand Casinos *Tosca* auf. Machen sich Frauen nicht mehr aus italienischen Opern als Männer?

»Warum gehst du nicht ohne mich? Die Kur nimmt mich sehr mit, und ich könnte endlich einmal früh schlafen gehen ...«

Was für eine Auskunft wollte er von Hélène Lange, und warum weigerte sie sich beharrlich, sie ihm zu geben?

War er vor ihr in das Haus eingedrungen, hatte er das einfache Schloss gewaltsam geöffnet und Schränke und Kommoden durchwühlt, bevor sie kam?

Oder war er erst in dem Augenblick aufgetaucht, als sie nach Hause kam? Hatte er den Mord schon begangen, als er die Wohnung durchwühlte?

»Warum lächeln Sie, Chef?«

»Weil mir ein idiotisches Detail in den Sinn kommt. Ehe er im Hôtel de la Gare anrief, hat der Mörder, wenn er die Hotels in alphabetischer Reihenfolge durchgegangen ist, etwa dreißig Mal telefonieren müssen ... Fällt Ihnen dazu nichts ein?«

Er stopfte sich eine neue Pfeife.

»Die ganze Polizei sucht ihn ... Wahrscheinlich wohnt seine Frau mit ihm in einem Hotelzimmer.

Aber er muss viele Male einen Namen aussprechen und wiederholen, den des Opfers.

In den Hotels gehen alle Anrufe über die Telefonzentrale … Außerdem ist da seine Frau, wie man annehmen muss.

Es ist gefährlich, von einem Café oder einem Bistro aus anzurufen. Dort kann man gehört werden.

Wenn ich Sie wäre, Lecœur, würde ich ein paar Polizisten einsetzen, um die Telefonzellen zu überwachen.«

»Aber er hat doch schon mit Francine Lange telefoniert!«

»Er muss sie wieder anrufen.«

»Sie ist nicht mehr in Vichy.«

»Das weiß er nicht.«

In Paris sah Maigret seine Frau dreimal am Tag: morgens, mittags und abends. Wie die meisten Männer. Allerdings kam es manchmal vor, dass er es zum Mittagessen nicht nach Hause schaffte. Er hätte also den Tag über Gott weiß was machen können, ohne dass sie davon wusste. Aber in Vichy verbrachten sie praktisch jede Minute zusammen, und er war nicht der Einzige, dem es so erging.

»Er kann nicht einmal viel Zeit in einer Telefonzelle verbringen.« Maigret seufzte.

Wahrscheinlich verließ er das Hotel unter dem Vorwand, sich Zigaretten zu holen oder Luft zu schöpfen, während seine Frau sich anzog. Ein

Telefongespräch oder zwei ... Wenn sie auch eine Kur machte und Bäder nahm, verschaffte ihm das noch ein wenig mehr Zeit.

Maigret sah ihn vor sich, wie er jede Gelegenheit nutzte, sie sogar herbeiführte und seine Frau belog wie ein Kind seine Mutter.

Ein korpulenter, asthmatischer Mann in fortgeschrittenem Alter, wohlhabend und in bedeutender Stellung, der in Vichy Linderung suchte.

»Überrascht es Sie denn nicht, dass die Schwester abgereist ist?«

Francine Lange liebte das Geld. Weiß der Teufel, was sie in Paris getrieben haben mochte, um es sich zu beschaffen. Sie besaß jetzt ein gutgehendes Geschäft und würde ihre Schwester beerben.

Hätte sie eine große Summe verschmäht? Hatte sie Angst vor der Polizei? Das war unwahrscheinlich, es sei denn, sie hatte beschlossen, für immer zu verschwinden und über die Grenze zu fliehen.

Nein! Sie war nach La Rochelle zurückgefahren, wo die Polizei sie ebenso verhören konnte wie in Vichy. Im Augenblick war sie noch unterwegs. Ihr Gigolo saß am Steuer, und die jungen Leute drehten sich neidisch nach dem roten Cabriolet um.

»Sie werden sicher sehr schnell fahren und im Laufe des Nachmittags eintreffen.«

»Haben die Zeitungen erwähnt, dass sie in La Rochelle wohnt?«

»Nein. Es wurde nur von ihrer Ankunft berichtet.«

»Schon heute Vormittag hatte sie Angst. Im Haus ihrer Schwester und auf dem Friedhof ...«

»Ich frage mich, warum sie mehrmals verstohlen zu Ihnen geblickt hat.«

»Ich glaube, ich weiß, warum.«

Maigret lächelte ein wenig verlegen.

»Die Journalisten haben mir den Ruf einer Art Beichtvater beschert. Sie hat gewiss vorgehabt, sich mir anzuvertrauen oder um Rat zu fragen, aber dann hat sie sich gedacht, die Sache sei zu brenzlig.«

Lecœur runzelte die Stirn.

»Darauf kann ich mir keinen Reim machen.«

»Der Mann hat versucht, eine Auskunft von Hélène Lange zu erhalten, und diese Auskunft war für ihn so bedeutend, dass er die Beherrschung verloren hat. Es kommt selten vor, dass jemand einen Menschen kaltblütig erwürgt ... Er ist unbewaffnet in die Rue du Bourbonnais gekommen. Er hatte nicht die Absicht, sie zu töten ... Aber er ist mit leeren Händen wieder gegangen.«

Als Maigret daran dachte, dass Hélène Lange erwürgt worden war, fügte er hinzu:

»Wenn ich so sagen darf ...«

»Er nimmt also an, auch die Schwester weiß, was er wissen möchte?«

»Bestimmt. Sonst hätte er sich nicht all die Mühe

gemacht und so viele Risiken auf sich genommen, um zu erfahren, in welchem Hotel sie abgestiegen ist. Er hätte sie nicht angerufen und ihr nicht zu verstehen gegeben, dass ihm die Information eine große Summe wert ist.«

»Und sie? Weiß sie, was er von ihr will?«

»Möglich«, murmelte Maigret und sah auf seine Uhr.

»Höchstwahrscheinlich, denn sonst wäre sie doch nicht abgereist, ohne uns darüber zu informieren.«

»Ich muss jetzt zu meiner Frau.«

Fast hätte er hinzugefügt:

»Wie er! Wie dieser korpulente, breitschultrige Mann, der sich auf kindische Weise herausredete, um eine öffentliche Telefonzelle aufzusuchen.«

Wer weiß, vielleicht waren die Maigrets dem Paar auf ihren täglichen Spaziergängen schon einige Male begegnet. Es war durchaus möglich, dass sie an der Heilquelle nebeneinandergestanden und auf ihr Glas Wasser gewartet hatten, dass ihre Stühle …

»Denken Sie an die Telefonzellen …«

»Ich bräuchte so viele Männer, wie Sie in Paris haben.«

»Ich habe immer zu wenig … Wann rufen Sie in La Rochelle an?«

»Gegen sechs Uhr, bevor ich nach Clermont-Ferrand fahre, wo ich mit dem Untersuchungsrichter verabredet bin. Er erwartet mich bei sich zu

Hause. Diese Geschichte bereitet ihm große Sorgen, denn er steht sehr gut mit der Compagnie Fermière, und die hat wohl kaum ein Interesse an dieser Art von Reklame. Wenn Sie dabei sein wollen ...«

Madame Maigret erwartete ihn auf einer Bank. Die Maigrets hatten noch nie in ihrem Leben so viel Zeit auf Parkbänken oder -stühlen verbracht. Er kam recht spät, aber sie machte ihm keine Vorwürfe, stellte lediglich fest, dass er auf sie einen anderen Eindruck machte als am Morgen.

Sie kannte dieses gleichermaßen verdrießliche wie nachdenkliche Gesicht.

»Wohin wollen wir gehen?«

»Gehen wir einfach.«

Wie an den anderen Tagen auch. Wie jenes andere Paar. Die Frau ahnte gewiss nichts. Sie ging mit ihrem Mann spazieren, ohne zu bemerken, dass er bei dem Anblick einer Polizeiuniform jedes Mal zusammenzuckte.

Er war ein Mörder. Er konnte nicht flüchten, ohne sich verdächtig zu machen. Er musste wie die Maigrets seine tägliche Routine fortsetzen.

War er in einem der beiden Luxushotels abgestiegen? Es ging Maigret ja nichts an, aber wenn er an Lecœurs Stelle gewesen wäre ...

»Lecœur ist ein ausgezeichneter Polizist«, murmelte er, was so viel heißen sollte wie:

Er wird bestimmt daran denken. Diese Hotels beherbergen schließlich nicht so viele Gäste, dass ...

Aber er hätte liebend gern selbst ein wenig herumgeschnüffelt.

»Vergiss nicht, dass du zu Rian musst.«

»Ist das heute?«

»Nein, morgen Nachmittag um vier.«

Er würde sich wieder entkleiden, abtasten lassen, auf die Waage steigen und dem blonden jungen Arzt zuhören müssen, der mit dem gebotenen Ernst über die Menge des Wassers sprach, die er von nun an zu trinken hätte. Würde er ihm eine andere Quelle empfehlen?

Er dachte an Janvier, der jetzt im Büro des Kommissars saß, denn Lucas war ebenfalls im Urlaub. Lucas war ins Gebirge gefahren, irgendwo in die Nähe von Chamonix.

Kleine Boote segelten eines hinter dem anderen gegen den Wind und wendeten dicht nebeneinander. Paare fuhren auf Tretbooten vorüber, und unten an der Mauer, die den Fluss säumte, folgte alle fünfzig Meter ein Minigolfplatz auf den nächsten.

Maigret ertappte sich dabei, wie er sich jedes Mal umdrehte, wenn sie einem beleibten Mann mittleren Alters begegneten.

Hélène Langes Mörder war für ihn keine abstrakte Figur mehr. Er begann Gestalt und Persönlichkeit anzunehmen.

Er befand sich in der Stadt, auf einem dieser Spazierwege, die die Maigrets so oft entlangwanderten. Er tat fast das Gleiche wie sie, sah das Gleiche wie sie, die Segelboote, die Tretboote, die gelben Stühle im Park und die Menschenmenge, die in eintönigem Rhythmus vorüberzog.

Ob es stimmte oder nicht, Maigret sah ihn mit einer Frau an seiner Seite, die ebenfalls recht füllig war und vielleicht über Schmerzen in den Füßen klagte.

Worüber unterhielten sie sich, während sie so dahingingen? Worüber sprachen all diese Paare, unter denen sich die Maigrets bewegten?

Er hatte Hélène Lange ermordet ... Man suchte ihn. Ein Wort, eine Geste, ein Fehltritt, und man würde ihn verhaften.

Sein Leben wäre zerstört. Sein Name stünde auf allen Titelseiten, seine Freunde wären bestürzt, sein Vermögen und das der Seinen wäre gefährdet ...

Eine Gefängniszelle statt der behaglichen Wohnung ...

Diese Veränderung konnte sich in wenigen Minuten, ja Sekunden vollziehen. Vielleicht tippte ihm ein Unbekannter auf die Schulter, und wenn er sich umdrehte, hielte man ihm mit den Worten »Sie sind doch Monsieur ...« eine Dienstmarke vor die Nase.

Monsieur wer? Unwichtig. Die Überraschung, die Empörung seiner Frau.

»Aber das ist ein Irrtum, Kommissar. Ich kenne ihn genau. Er ist mein Mann. Jeder wird Ihnen sagen ... Verteidige dich doch, Jean!«

Jean oder Pierre oder Gaston ...

Maigret begann allmählich verstohlen um sich zu blicken.

»Und dennoch macht er weiter.«

»Womit?«

»Er will die Wahrheit herausfinden.«

»Von wem sprichst du?«

»Du weißt, von wem ich spreche ... Er hat Francine Lange angerufen. Er will mit ihr sprechen.«

»Würde er dabei nicht gefasst werden?«

»Ja, wenn sie Lecœur beizeiten benachrichtigt hätte, hätte man ihm eine Falle gestellt ... Das ist immer noch möglich. Er kennt ihre Stimme nicht so genau. Lecœur hat bestimmt daran gedacht. Es müsste sich nur eine Frau in ihrem Alter in Zimmer 406 aufhalten ... Wenn er anruft ...«

Mit geballten Fäusten, als wäre er darüber in Wut geraten, blieb Maigret mitten auf der Allee stehen und stieß knurrend zwischen den Zähnen hervor:

»Wonach zum Teufel sucht er, dass er ein solches Risiko eingeht?«

Eine Männerstimme antwortete:

»Hallo? Wen möchten Sie sprechen?«

»Mademoiselle Francine Lange.«

»Wen darf ich melden?«

»Kommissar Lecœur.«

»Einen Moment, bitte.«

In dem kahlen Büro saß Maigret Lecœur gegenüber und hielt den zweiten Hörer ans Ohr.

»Hallo? Könnten Sie nicht morgen früh noch einmal anrufen?«

»Nein.«

»In einer halben Stunde?«

»In einer halben Stunde bin ich unterwegs.«

»Wir sind eben erst angekommen … Francine, ich meine, Mademoiselle Lange, badet gerade.«

»Bitten Sie sie, aus der Badewanne zu steigen.«

Lecœur zwinkerte seinem Pariser Kollegen zu. Wieder hörte man Lucien Romanels Stimme.

»Sie kommt sofort. Sie muss sich nur abtrocknen.«

»Mir scheint, Sie sind recht langsam gefahren.«

»Wir hatten eine Panne und haben auf der Suche nach einem Ersatzteil fast eine Stunde verloren … Hier ist sie!«

»Hallo!«

Die Stimme klang ferner als die des Gigolos.

»Mademoiselle Lange? Heute Morgen haben Sie mir gesagt, Sie würden noch zwei oder drei Tage in Vichy bleiben …«

»Das hatte ich vor, habe mich dann aber anders entschieden.«

»Dürfte ich fragen, warum?«

»Ich habe es mir eben anders überlegt. Punkt. Das ist doch mein gutes Recht, oder etwa nicht?«

»So wie es mein Recht ist, einen Gerichtsbescheid zu erwirken und Sie vernehmen zu lassen.«

»Was ist es für ein Unterschied, ob ich in Vichy oder La Rochelle bin?«

»Für mich ein großer. Ich frage noch einmal: Was hat Sie dazu veranlasst, Ihre Meinung zu ändern?«

»Ich habe Angst gekriegt.«

»Wovor?«

»Sie wissen es genau. Ich hatte schon heute Morgen Angst, aber ich dachte mir, er würde es nicht wagen …«

»Drücken Sie sich bitte etwas deutlicher aus. Angst vor wem?«

»Vor dem Mann, der meine Schwester erwürgt hat. Ich dachte, wenn er es auf sie abgesehen hat, würde er es auch auf mich absehen.«

»Aus welchem Grund?«

»Das weiß ich nicht.«

»Kennen Sie ihn?«

»Nein.«

»Sie haben nicht die geringste Ahnung, wer es sein könnte?«

»Nein.«

»Trotzdem haben Sie heute Mittag Ihr Hotel in aller Eile verlassen, nachdem Sie mir gesagt hatten, Sie würden noch einige Tage in Vichy bleiben.«

»Ich hatte Angst.«

»Sie lügen. Genauer gesagt, Sie hatten einen bestimmten Grund, Angst zu haben.«

»Ich habe es Ihnen doch schon gesagt. Er hat meine Schwester umgebracht. Und er hätte ebenso gut …«

»Aus welchem Grund?«

»Das weiß ich nicht.«

»Und Sie wissen auch nicht, warum Ihre Schwester ermordet wurde?«

»Wenn ich den Grund wüsste, hätte ich es Ihnen gesagt.«

»Aber warum haben Sie mir dann nichts von dem Anruf gesagt?«

Er sah sie vor sich, wie sie in der Wohnung im Bademantel und mit feuchten Haaren zwischen den kurz zuvor geöffneten Koffern stand. Hatte ihr Telefon einen zweiten Hörer? Wenn nicht, stand Romanel gewiss vor ihr und warf ihr fragende Blicke zu.

»Welcher Telefonanruf?«

»Gestern Abend in Ihrem Hotel.«

»Ich weiß nicht, was Sie …«

»Muss ich Ihnen ins Gedächtnis rufen, was der Mann am Telefon gesagt hat? Hat er Ihnen nicht nahegelegt, noch zwei oder drei Tage in Vichy zu bleiben? Hat er Ihnen nicht angekündigt, dass er sich wieder mit Ihnen in Verbindung setzen würde? Und hat er Ihnen nicht eine recht große Summe in Aussicht gestellt?«

»Ich habe kaum hingehört.«

»Warum nicht?«

»Weil ich es für einen Scherz gehalten habe. Denken Sie nicht auch?«

»Nein.«

Ein schroffes Nein, dem ein bedrohliches Schweigen folgte. Am anderen Ende der Leitung geriet Francine Lange außer sich und rang um Worte.

»Ich bin nicht wie Sie bei der Polizei … Ich kann nur wiederholen, dass ich es für einen Scherz gehalten habe.«

»Kommt es öfter vor, dass jemand solche Scherze mit Ihnen treibt?«

»Nein, nicht auf diese Art.«

»Hat Sie dieses Telefonat nicht vielmehr so sehr verängstigt, dass Sie Vichy so schnell wie möglich verlassen wollten?«

»Da Sie mir doch nicht glauben …«

»Ich werde Ihnen glauben, wenn Sie ehrlich sind.«

»Es hat mir Angst gemacht.«

»Was hat Ihnen Angst gemacht?«

»Dass sich der Mann noch in der Stadt befindet … Jede Frau fürchtet sich bei dem Gedanken, dass sich ein Würger in den Straßen herumtreibt.«

»Und dennoch sind nicht alle Hotelgäste schlagartig abgereist … Haben Sie seine Stimme schon einmal gehört?«

»Ich glaube nicht …«

»Eine sehr sonderbare Stimme.«

»Ist mir nicht aufgefallen ... Ich war zu erschrocken.«

»Eben haben Sie noch von einem schlechten Scherz gesprochen.«

»Ich bin müde ... Vorgestern Nachmittag war ich noch auf den Balearen. Seitdem habe ich kaum geschlafen.«

»Kein Grund zu lügen.«

»Ich bin es nicht gewohnt, verhört zu werden. Und schon gar nicht telefonisch, nachdem man mich aus der Badewanne geholt hat ...«

»Wenn Ihnen das lieber ist, wird Sie mein Kollege in einer Stunde ganz offiziell in La Rochelle aufsuchen und Ihre Aussage vorschriftsmäßig zu Protokoll nehmen.«

»Ich werde Ihnen nach bestem Wissen antworten.«

Ein Lachen in Maigret Augen. Lecœur machte seine Sache gut. Er selbst wäre ein wenig anders vorgegangen, aber zum selben Ergebnis gekommen.

»Sie wussten schon gestern, dass die Polizei nach dem Mörder Ihrer Schwester fahndet. Und ebenso hätten Sie wissen müssen, dass der geringste Hinweis wertvoll sein konnte.«

»Ja, wahrscheinlich ...«

»Nun, vieles weist darauf hin, dass Ihr unsichtbarer Gesprächspartner der Mörder ist ... Sie haben auch daran gedacht. Sie waren sogar davon überzeugt, denn Sie hatten Angst … Und Sie sind nicht gerade jemand, der sich leicht fürchtet.«

»Ich habe es vielleicht gedacht, aber sicher war ich mir nicht.«

»Jeder andere an Ihrer Stelle hätte uns über den Anruf informiert … Warum haben Sie es nicht getan?«

»Sie vergessen, dass ich gerade meine Schwester verloren habe, meine einzige Angehörige, und dass sie erst heute beerdigt worden ist.«

»Was Sie nicht im Geringsten erschüttert hat.«

»Woher wollen Sie das wissen?«

»Beantworten Sie meine Frage.«

»Sie hätten mich vielleicht festgehalten.«

»Sie hatten keine dringenden Angelegenheiten in La Rochelle zu erledigen, denn eigentlich wären Sie ja jetzt noch auf den Balearen.«

»Die Atmosphäre bedrückte mich. Der Gedanke, dass dieser Mann …«

»War es nicht vielmehr der Gedanke, dass wir Ihnen im Zusammenhang mit diesem Anruf gewisse Fragen stellen könnten?«

»Sie hätten mich als Köder benutzen können. Wenn er mich noch einmal angerufen hätte, um sich mit mir zu verabreden, hätten Sie mich hingeschickt und …«

»Und?«

»Nichts. Ich hatte Angst.«

»Warum ist Ihre Schwester erwürgt worden?«

»Wie soll ich das wissen?«

»Jemand hat sie nach mehreren Jahren wiedergesehen, ist ihr gefolgt und in ihre Wohnung eingedrungen.«

»Ich dachte, sie hätte ihn beim Stehlen erwischt.«

»Sie sind nicht so naiv ... Er wollte ihr eine Frage
stellen, eine entscheidende Frage.«

»Welche?«

»Das will ich eben herausfinden. Ihre Schwester
hat geerbt, Mademoiselle Lange ...«

»Von wem?«

»Das frage ich Sie.«

»Wir haben von meiner Mutter geerbt. Sie war
nicht reich. Ein Kurzwarenladen in Marsilly und
ein Sparbuch mit ein paar Tausend Franc.«

»War ihr Liebhaber reich?«

»Welcher Liebhaber?«

»Der, der sie in Paris ein- bis zweimal die Woche
in der Rue Notre-Dame-de-Lorette besuchte.«

»Davon weiß ich nichts.«

»Sind Sie ihm nie begegnet?«

»Nein.«

»Halten Sie die Leitung, Mademoiselle ... Es kann
noch eine Weile dauern ... Hallo?«

»Ich bin noch am Apparat.«

»Ihre Schwester war Sekretärin. Sie waren Maniküre.«

»Ich bin inzwischen Kosmetikerin.«

»Na schön. Zwei Mädchen aus Marsilly, die Eltern nicht gerade vermögend, gehen beide nach Paris. Nicht zum selben Zeitpunkt, aber mehrere Jahre lang sind sie beide in der Stadt.«

»Was daran ist so außergewöhnlich?«

»Sie behaupten, nichts vom Tun und Treiben Ihrer Schwester gewusst zu haben. Sie können mir nicht einmal sagen, wo sie gearbeitet hat.«

»Erstens war da der Altersunterschied. Und zweitens haben wir uns nie gut verstanden, schon als Kinder nicht.«

»Ich bin noch nicht fertig ... Und schon bald darauf finden Sie sich in La Rochelle wieder, wo Sie als sehr junge Frau einen Friseursalon führen, der Sie eine schöne Stange Geld gekostet haben muss.«

»Ich habe einen Teil in jährlichen Raten abbezahlt ...«

»Über diesen Punkt sprechen wir vielleicht später noch genauer ... Ihre Schwester hingegen verschwindet sozusagen von der Bildfläche. Zunächst verbringt sie fünf Jahre in Nizza. Haben Sie sie dort besucht?«

»Nein.«

»Hatten Sie ihre Adresse?«

»Sie hat mir drei oder vier Ansichtskarten geschickt.«

»In fünf Jahren?«

»Wir hatten uns nichts zu sagen.«

»Und als sie nach Vichy gezogen ist?«

»Davon hat sie mir nichts gesagt.«

»Sie hat Ihnen nicht geschrieben, dass sie sich in Vichy ein Haus gekauft hatte?«

»Ich habe es durch Freunde erfahren.«

»Welche Freunde?«

»Daran kann ich mich nicht mehr erinnern ... Leute, die sie in Vichy getroffen haben.«

»Und die mit ihr gesprochen haben?«

»Gut möglich ... Sie bringen mich ganz durcheinander.«

Lecœur war zufrieden mit sich und zwinkerte Maigret zu, dessen Pfeife erloschen war und der sich auf heikle Weise die Glieder verrenkte, um sich eine neue zu stopfen, ohne dabei den Hörer aus der Hand zu legen.

»Sind Sie zum Crédit Lyonnais gegangen?«

»Welchem Crédit Lyonnais?«

»Dem in Vichy.«

»Nein.«

»Waren Sie denn nicht neugierig darauf, zu erfahren, wie viel Sie erben?«

»Mein hiesiger Notar wird sich damit befassen. Ich verstehe von solchen Dingen nichts.«

»Sie sind doch eine Geschäftsfrau! ... Haben Sie eine Ahnung, wie viel Geld Ihre Schwester auf der Bank hatte?«

Ein neuerliches Schweigen trat ein.

»Und? Ich höre?«

»Ich kann Ihnen die Frage nicht beantworten.«

»Warum nicht?«

»Weil ich es nicht weiß.«

»Würde es Sie überraschen, wenn es ungefähr fünfhunderttausend Franc wären?«

»Das ist viel …«

Sie sagte das in ruhigem Tonfall.

»Es ist viel für eine kleine Sekretärin, die eines schönen Tages von Marsilly nach Paris gegangen ist und dort nur zehn Jahre lang gearbeitet hat.«

»Sie hat mir nie etwas anvertraut …«

»Denken Sie nach, bevor Sie antworten, denn wir verfügen über Mittel und Wege, Ihre Aussage zu überprüfen … Als Sie sich in La Rochelle niedergelassen haben, hat Ihnen da Ihre Schwester nicht das Geld für die Anzahlung gegeben?«

Wieder ein Schweigen. Am Telefon ist das Schweigen bedrückender, als wenn man seinen Gesprächspartner vor sich hat, denn die innere Verbindung reißt augenblicklich ab.

»Müssen Sie darüber nachdenken?«

»Sie hat mir etwas Geld geliehen …«

»Wie viel?«

»Das müsste ich meinen Notar fragen.«

»Hat Ihre Schwester damals nicht schon in Nizza gewohnt?«

»Das kann sein ... Ja.«

»Sie haben also mit ihr in Verbindung gestanden. Und zwar nicht nur über Ansichtskarten. Wahrscheinlich haben Sie sie aufgesucht, um ihr die Einzelheiten Ihres Vorhabens darzulegen.«

»Ich muss dort gewesen sein.«

»Eben haben Sie noch das Gegenteil gesagt.«

»Ihre Fragen bringen mich ganz durcheinander.«

»Sie sind aber doch klar formuliert, was man von Ihren Antworten nicht behaupten kann.«

»Sind Sie fertig?«

»Noch nicht ... Und ich rate Ihnen dringend, nicht aufzulegen, denn dann wäre ich gezwungen, recht unangenehme Maßnahmen zu ergreifen ... Diesmal will ich eine klare Antwort haben. Ein Ja oder ein Nein. Steht in dem Kaufvertrag Ihr Name oder der Ihrer Schwester, mit anderen Worten, ist Ihre Schwester die rechtmäßige Besitzerin?«

»Nein.«

»Sind Sie es?«

»Nein.«

»Wer dann?«

»Wir beide.«

»Sie waren also Geschäftspartnerinnen und wollen mir vormachen, Sie hätten keinerlei Kontakt zu Ihrer Schwester gehabt?«

»Das sind Familienangelegenheiten, die niemanden etwas angehen.«

»Wenn ein Mord geschieht, schon.«

»Der hat nichts damit zu tun.«

»Sind Sie sich dessen so sicher?«

»Ich gehe davon aus …«

»Sie gehen so wenig davon aus, dass Sie Vichy Hals über Kopf verlassen haben.«

»Haben Sie noch weitere Fragen?«

Maigret gab Lecœur ein Zeichen und nickte. Er nahm einen Bleistift vom Schreibtisch und schrieb ein paar Worte auf einen Notizblock.

»Einen Moment … Bleiben Sie am Apparat.«

»Wie lange noch?«

»Sie haben ein Kind gehabt, nicht wahr?«

»Das habe ich Ihnen bereits gesagt.«

»Haben Sie es in Paris zur Welt gebracht?«

»Nein.«

»Warum nicht?«

Auf Maigrets Zettel stand nur:

Wo hat sie entbunden? Bei welchem Standesamt ist das Kind gemeldet?

Lecœur gab sich besonders viel Mühe, vielleicht weil sein berühmter Pariser Kollege anwesend war.

»Ich wollte nicht, dass es bekannt wird.«

»Wohin sind Sie gefahren?«

»In die Bourgogne.«

»In welchen Ort?«

»Nach Mesnil-le-Mont.«

»Ist das ein Dorf?«

»Eher ein Weiler.«

»Gibt es dort einen Arzt?«

»Damals gab es dort keinen.«

»Und Sie haben sich für Ihre Niederkunft einen Weiler ausgesucht, in dem es keinen Arzt gab?«

»Wie, glauben Sie, haben unsere Mütter entbunden?«

»Haben *Sie* diesen Ort ausgesucht? Und waren Sie vorher schon einmal dort?«

»Nein. Ich habe mir eine Landkarte angesehen ...«

»Sind Sie allein hingefahren?«

»Wenn Sie auf diese Weise Leute quälen, die nichts getan haben, ganz im Gegenteil, so möchte ich nicht wissen, wie Sie einen Schuldigen verhören ...«

»Ich habe Sie gefragt, ob Sie allein hingefahren sind.«

»Nein.«

»Das ist schon besser. Sie sehen, es ist einfacher, die Wahrheit zu sagen, als sich herauszureden. Wer hat Sie begleitet?«

»Meine Schwester.«

»Sie meinen Ihre Schwester Hélène?«

»Eine andere habe ich nicht.«

»Das fiel in die Zeit, in der Sie beide in Paris lebten und sich nur zufällig trafen. Sie wussten nicht einmal, wo sie arbeitete. Sie hätte auch eine Frau sein können, die ausgehalten wurde.«

»Das ging mich nichts an.«

»Sie konnten sich nicht leiden. Sie standen kaum in Verbindung miteinander, dennoch legte Ihre Schwester augenblicklich ihre Arbeit nieder und folgte Ihnen in ein einsames Nest in der Bourgogne?«

Sie wusste nichts darauf zu erwidern.

»Wie lange sind Sie dort geblieben?«

»Einen Monat.«

»In einem Hotel?«

»In einem Gasthof.«

»Hat Ihnen eine Hebamme geholfen?«

»Ich bin mir nicht sicher, ob sie Hebamme war, aber sie kam zu allen schwangeren Frauen in der Gegend.«

»Wie heißt sie?«

»Sie war damals schon über fünfundsechzig und ist bestimmt längst tot.«

»Sie erinnern sich nicht an ihren Namen?«

»Madame Radèche.«

»Haben Sie das Kind auf dem Rathaus angemeldet?«

»Natürlich.«

»Sie selbst?«

»Ich lag im Bett. Meine Schwester ist mit dem Gastwirt hingegangen. Er hat als Zeuge gedient.«

»Haben Sie anschließend Einsicht nehmen können in das Register des Standesamts?«

»Warum hätte ich das tun sollen?«

»Besitzen Sie eine Geburtsurkunde?«

»Das ist schon so lange her …«

»Wohin sind Sie von dort aus gegangen?«

»Hören Sie, ich kann nicht mehr. Wenn Sie unbedingt daran festhalten müssen, mich stundenlang zu verhören, dann kommen Sie her.«

Lecœur erwiderte kühl:

»Wohin haben Sie das Kind gebracht?«

»Nach Saint-André … Saint-André-du-Lavion in den Vogesen.«

»Mit dem Wagen?«

»Ich hatte damals noch keinen Wagen.«

»Ihre Schwester auch nicht?«

»Sie hat nie fahren gelernt.«

»Hat sie Sie begleitet?«

»Ja! Ja! Ja! Denken Sie jetzt, was Sie wollen! Ich habe es satt, hören Sie? Satt! Satt! Satt!«

Und dann legte sie auf.

6

Woran denkst du?«

Die Frage aller Ehepaare, all jener, die jahrelang Seite an Seite leben, die einander beobachten, die sich an dem Gesicht, an dem Blick wie an einer Mauer stoßen und nicht umhinkönnen, leise murmelnd zu fragen: »Woran denkst du?«

Madame Maigret sprach diese Worte jedoch nur dann aus, wenn sie spürte, dass ihr Mann guter Stimmung war, als gäbe es ein Gebiet, in das sie nicht das Recht hatte vorzudringen.

Nach dem langen Telefongespräch mit La Rochelle hatten sie friedlich in dem weißen, freundlichen Speisesaal mit all den Grünpflanzen darin und den Weinflaschen und Blumen auf den Tischen zu Abend gegessen.

Niemand schien sich um die Maigrets zu kümmern, und dennoch waren sie der Mittelpunkt einer diskreten, zugleich bewundernden und herzlichen Aufmerksamkeit.

Inzwischen war es Zeit für ihren Abendspaziergang. Aus der Ferne hörte man Donnergrollen, Windböen zerrissen urplötzlich die stehende Luft.

Beinahe automatisch waren sie in die Rue du Bourbonnais gelangt, wo ein Fenster im ersten Stock der Villa Iris erleuchtet war. Es war das Zimmer der dicken Madame Vireveau. Die Maleskis waren aus, sie gingen spazieren oder waren im Kino.

Im Erdgeschoss war es dunkel und still. Die Möbel standen wieder an ihrem Platz. Hélène Langes Existenz war wie ausgelöscht.

Eines Tages würde sich wahrscheinlich die gesamte Einrichtung des Hauses auf dem Gehsteig stapeln, und ein jovialer Auktionator würde versteigern, was den Rahmen eines Lebens gebildet hatte.

Hatte Francine die Fotografien mitgenommen? Das war unwahrscheinlich, und ebenso unwahrscheinlich war es, dass sie sie abholen lassen würde. Sie würden wie alles andere verkauft werden.

Die Maigrets gingen Richtung Park, wo ihre Spaziergänge unweigerlich endeten, als Madame Maigret ihre Frage stellte.

»Ich dachte gerade daran, dass Lecœur ein ausgezeichneter Ermittler ist.«

Die Fragen, die der Kommissar aus Clermont-Ferrand Schlag auf Schlag gestellt hatte, ohne Francine die Zeit zu lassen, sich zu sammeln, waren regelrecht darauf angelegt gewesen, sie aus der Fassung zu bringen. Er hatte das meiste von dem, was sie wusste, aus ihr herausgeholt und greifbare

Ergebnisse erzielt, auf denen die weiteren Ermittlungen aufbauen konnten.

Doch warum war Maigret nicht ganz zufrieden? Er hätte es wahrscheinlich anders angefangen. Selbst wenn zwei Männer dieselbe Methode anwenden, tun sie es auf verschiedene Art.

Aber es ging nicht um die Methode. Im Grunde beneidete der Kommissar seinen Kollegen um seinen Schneid, seine Sicherheit, sein Selbstvertrauen.

Für Maigret zum Beispiel war die Dame in Lila nicht einfach nur das Mordopfer oder eine Frau, die dieses oder jenes Leben geführt hatte. Er begann sie zu begreifen und bemühte sich beinahe intuitiv, ihre Persönlichkeit noch tiefer zu durchdringen.

Es war vor allem die Geschichte der beiden Schwestern, die ihn auf dem Spaziergang beschäftigte, während Lecœur unbeschwert und munter zu seinem Termin mit dem Untersuchungsrichter gefahren war.

Aber was würde der tatsächlich von dieser Geschichte erfahren, beschränkt, wie er war, auf die vier Wände seines Büros, wo alles Lebendige zu steifen Sätzen in amtlichen Protokollen erstarrte.

Zwei Schwestern, in einem Dorf an der Atlantikküste, in einem Laden unweit der Kirche. Maigret kannte das Dorf, in dem man von Ackerbau und Fischfang lebte, wo vier oder fünf Großbauern Austernbänke und Muschelfarmen besaßen.

Er sah die Frauen vor sich, junge und alte, und

auch die kleinen Mädchen, die bei Tagesanbruch und manchmal in der Nacht, je nach Gezeiten, hinauszogen. Sie steckten in Gummistiefeln, dicken Pullovern und abgelegten Männerjacken.

Am Strand sammelten sie die Austern ein, deren Bänke bei Ebbe freilagen, während die Männer Muscheln aus den um Pfähle gewundenen Netzen klaubten.

Die meisten der Mädchen und ein Großteil der Jungen hatten nicht einmal einen Schulabschluss. Jedenfalls zu der Zeit, als die beiden Schwestern noch in dem Dorf wohnten.

Hélène war eine Ausnahme. Sie war in der Stadt zur Schule gegangen und hatte genug gelernt, um in einem Büro zu arbeiten.

Sie fuhr morgens mit dem Fahrrad davon, kam abends zurück, war eine richtige junge Dame.

Und fand sich ihre Schwester später nicht ebenso gut zurecht?

»Sie sind beide in Paris. Hier sieht man sie nicht mehr. Sie verachten uns ...«

Die ehemaligen Freundinnen kratzten weiterhin im Morgengrauen die Austernbänke ab oder sammelten Muscheln ein. Sie hatten geheiratet und Kinder aufgezogen, die jetzt an ihrer Stelle auf dem Kirchplatz spielten.

Mit eisernem Willen hatte Hélène Lange ihr Ziel erreicht.

Schon als junges Mädchen hatte sie das für sie vorgesehene Leben abgelehnt. Sie schlug einen anderen Weg ein und erschuf sich ihre eigene Welt, für die ein paar romantische Schriftsteller den Hintergrund lieferten.

Balzac war ihr zu brutal, zu nahe an Marsilly, dem Laden ihrer Eltern und den Austernbänken, wo einem die Finger vor Kälte steif wurden.

Francine war auf ihre Art entkommen. Mit fünfzehn hatte ihr ein Taxifahrer die Unschuld genommen. Fortan sah sie nicht mehr ein, warum sie mit ihren attraktiven Rundungen und ihrem aufreizenden Lächeln den Männern gegenüber geizen sollte.

Und hatten nicht beide letztlich Erfolg gehabt?

Die Besitzerin des Hauses in Vichy verfügte über ein üppiges Bankkonto, und die heimgekehrte kleine Schwester stellte ihren Wohlstand im besten Friseursalon der Stadt aus.

Lecœur hatte nicht das Verlangen, in ihr Leben einzutauchen, sie zu verstehen. Er sammelte Tatsachen, zog Schlüsse daraus und hatte keinerlei Gewissensnöte.

Im Leben der beiden spielte ein Mann eine Rolle, ein Mann, von dem zwar niemand wusste, wie er aussah, der sich aber in Vichy aufhielt; in seinem Hotelzimmer, in einer Parkallee, in einem Saal des Grand Casino, irgendwo.

Dieser Mann hatte getötet. Er wurde gesucht. Es konnte ihm nicht verborgen geblieben sein, dass die Polizei ihn dank all der ihr zur Verfügung stehenden Mittel immer enger einkreiste, bis sich schließlich eine unbeteiligte Hand auf seine Schulter legen würde.

Auch er hatte ein Leben hinter sich. Er war ein Kind gewesen, ein junger Mann, verliebt, wahrscheinlich verheiratet, denn der Unbekannte, der sich in Paris an zwei Abenden die Woche in die Rue Notre-Dame-de-Lorette begeben hatte, blieb immer nur eine Stunde.

Hélène verschwand. In Nizza tauchte sie wieder auf, allein. Mit Absicht, so schien es, um in der namenlosen Menschenmenge unterzutauchen.

Zuvor hatte sie einen Abstecher in ein kleines Dorf in der Bourgogne gemacht und einen Monat mit ihrer Schwester in einem Gasthof verbracht, die dort ein Kind zur Welt gebracht hatte.

Auch diesen Mann wollte Maigret kennenlernen. Er war groß und stark, und das Asthma, das ihn vermutlich zu einer Kur veranlasst hatte, verlieh ihm eine Stimme, die leicht zu erkennen war.

Er hatte umsonst getötet. Er war nicht in die Rue du Bourbonnais gekommen, um zu töten, sondern um eine Frage zu stellen.

Hélène Lange hatte geschwiegen. Selbst als er sie an der Kehle gepackt hatte, um ihr zu drohen, hatte sie sich geweigert, seine Frage zu beantworten – und ihr Schweigen mit dem Leben bezahlt.

Er hätte an diesem Punkt einhalten müssen. Das gebot die Vorsicht. Jeder weitere Schritt gefährdete ihn. Der Polizeiapparat war in Gang gesetzt worden.

Hatte er schon von der Existenz der Schwester gewusst, von Francine Lange? Diese behauptete, nein, und vielleicht stimmte das auch.

Er hatte aus der Zeitung von ihr erfahren, und ebenso, dass sie in Vichy eingetroffen war. Er hatte sich in den Kopf gesetzt, mit ihr Verbindung aufzunehmen, und eine Engelsgeduld aufgebracht, um herauszufinden, in welchem Hotel sie abgestiegen war.

Hélène hatte geschwiegen, aber würde die Jüngere der Verlockung einer großen Geldsumme widerstehen?

Der Mann war reich und bedeutend, wie hätte er sonst im Laufe der letzten Jahre mehr als fünfhunderttausend Franc zahlen können?

Fünfhunderttausend Franc, und er hatte nichts dafür bekommen. Er hatte nicht einmal gewusst, wo die Frau lebte, die ihm die verschiedenen Orte nannte, an die er postlagernd das Geld in Scheinen geschickt hatte.

Wenn er es gewusst hätte, wäre Hélène Lange dann früher gestorben?

»Bleiben Sie noch zwei bis drei Tage in Vichy …«

Er nahm seine letzte Chance wahr, selbst auf die Gefahr hin, geschnappt zu werden. Er suchte Telefonzellen auf. Er telefonierte vielleicht sogar in diesem Moment. Es hing davon ab, ob er seiner Frau hatte entwischen können.

Aber in der Nähe der meisten Telefonzellen lauerte ein Mitarbeiter von Lecœur.

Hatte sich Maigret in der Annahme getäuscht, dass er nicht aus einem Café, einer Bar oder seinem Hotelzimmer anrufen würde? Maigret und seine Frau kamen an einer dieser Telefonzellen vorbei. Durch die Scheibe sahen sie ein blutjunges Mädchen, das heiter und lebhaft in den Hörer sprach.

»Glaubst du, dass sie ihn erwischen?«

»Ja, sehr bald.«

Weil dieser Mann zu verbissen etwas begehrte. Wer weiß, ob er nicht schon seit Jahren mit dieser fixen Idee lebte, seitdem er jeden Monat das Geld schickte, immer auf diesen Zufall hoffend, der fünfzehn Jahre auf sich hatte warten lassen.

Er war vielleicht ein ausgezeichneter Geschäftsmann, der im Alltag niemals seine Beherrschung verlor.

Fünfzehn Jahre unentwegt von demselben Gedanken besessen ...

Er hatte zu fest zugedrückt, ohne die Absicht zu töten. Oder aber ...

Maigret blieb plötzlich mitten auf einer Allee stehen. Seine Frau tat automatisch das Gleiche und warf ihm einen kurzen Blick zu.

… oder aber er hatte etwas so Ungeheuerliches, so Unerwartetes, so Unfassbares entdeckt …

»Ich möchte nur wissen, wie Lecœur vorgehen wird«, murmelte er.

»Was?«

»Wie er ihm ein Geständnis entlocken wird.«

»Erst einmal muss man ihn finden und verhaften.«

»Er wird sich schon verhaften lassen …«

Es würde befreiend sein, nicht mehr suchen, nicht mehr schwindeln zu müssen, nicht mehr …

»Er wird doch hoffentlich nicht bewaffnet sein?«

Die Frage seiner Frau ließ Maigret an eine neue Möglichkeit denken. Anstatt sich zu ergeben, könnte der Mann beschließen, ein für alle Mal Schluss zu machen.

Hatte Lecœur seinen Helfern eingeschärft, vorsichtig zu sein? Maigret konnte nicht eingreifen. In dieser Geschichte war er nur ein Zuschauer, der sich so diskret wie möglich verhielt.

Aber selbst wenn er sich verhaften ließe, warum sollte er dann auspacken? Das würde nichts an seiner Tat und am Urteil der Geschworenen ändern. Für sie war er ein Würger, und mit einem Würger ist man weder nachsichtig, noch bringt man auch nur eine Spur von Sympathie für ihn auf, ganz gleich auf welche Geschichte er zurückblicken mag.

»Gib zu, du hättest dich liebend gern mit dem Fall beschäftigt.«

In Vichy erlaubte sie sich Bemerkungen, die ihr in Paris nie über die Lippen gekommen wären. Weil sie im Urlaub waren? Weil sie den ganzen Tag miteinander verbrachten und sich näher waren als sonst?

Sie konnte ihm beim Denken beinahe zuhören.

»Das frage ich mich selbst ... Nein, ich glaube nicht.«

Warum plagte er sich? Er war hier, um sich auszuruhen und, wie es Doktor Rian ausgedrückt hatte, seinen Organismus zu reinigen. Übrigens würde er den Arzt am nächsten Tag wieder aufsuchen müssen und eine halbe Stunde lang nur ein Patient sein, der sich mit nichts anderem als seiner Leber, seinem Magen, seiner Milz, seinem Blutdruck und seinem Schwindelgefühl beschäftigt.

Wie alt war Lecœur? Kaum fünf Jahre jünger als er. In fünf Jahren würde auch Lecœur anfangen, an seine Pensionierung zu denken, und überlegen, was er dann mit seiner Zeit anstellen würde.

Sie gingen an den beiden luxuriösesten Hotels der Stadt, hinter dem Casino, vorbei. Schwere Wagen schlummerten am Bordsteinrand. Ein Mann im Smoking saß auf einem Gartensessel neben der Drehtür und schöpfte frische Luft.

Ein Kristalllüster beleuchtete die Halle mit dem Orientteppich und den Marmorsäulen, und ein Portier in bordierter Uniform beantwortete die Fragen einer alten Dame im Abendkleid.

Vielleicht wohnte der Mann in diesem Hotel oder in dem nebenan, oder aber im Pavillon Sévigné am Pont de Bellerive. Ein sehr junger Page mit blasiertem Blick wartete vor dem Fahrstuhl.

Lecœur hatte an der schwächsten Stelle angegriffen, bei Francine Lange, und sie hatte sich überrumpeln lassen und vieles gesagt.

Er würde sie wahrscheinlich noch einmal verhören. Würde er noch mehr erfahren? Hatte sie nicht schon alles ausgesprochen, was sie wusste?

»Moment, ich muss mir nur schnell Tabak kaufen.«

Er betrat ein lautes Café, wo die meisten Gäste auf einen Fernseher starrten, der sich über ihren Köpfen auf einer Konsole befand. Es roch nach Wein und Bier. Der kahlköpfige Wirt füllte unablässig Gläser, die eine junge Frau in schwarzem Kleid und weißer Schürze an die Tische trug.

Unwillkürlich blickte er zu der Telefonkabine hinten im Raum neben den Toiletten. Sie hatte eine Glastür. Es war niemand darin.

»Drei Päckchen von dem Hellen, bitte …«

Bis zum Hôtel de la Bérézina war es nicht mehr weit, und als sie näher kamen, erkannten sie den jungen Dicelle vor der Tür.

»Kann ich Sie einen Augenblick sprechen, Chef?«

Madame Maigret blieb nicht lange stehen, sondern ging ins Hotel und nahm den Zimmerschlüssel vom Schlüsselbrett.

»Gehen wir ein Stück.«

Die Straßen waren verlassen, und ihre Schritte hallten.

»Hat Ihnen Lecœur empfohlen, mich aufzusuchen?«

»Ja. Ich habe mit ihm telefoniert. Er war zu Hause in Clermont bei seiner Frau und den Kindern.«

»Wie viele Kinder hat er?«

»Vier. Der Älteste ist achtzehn und hat gute Aussichten, die Schwimmmeisterschaften zu gewinnen.«

»Was gibt es?«

»Ungefähr zehn von uns überwachen die Telefonzellen. Der Kommissar hat nicht genug Männer, um jede abzusichern, und wir konzentrieren uns hauptsächlich auf die Stadtmitte, vor allem die Telefonzellen in der Nähe der großen Hotels.«

»Haben Sie jemanden verhaftet?«

»Noch nicht. Ich warte auf den Kommissar, der schon auf dem Weg sein muss ... Es ist alles meine Schuld ... Ich stand in der Nähe einer Telefonzelle am Boulevard Kennedy. Die Bäume boten Schutz, ich konnte mich gut verstecken.«

»Und dann ist ein Mann hineingegangen, um zu telefonieren?«

»Ja. Ein großer, dickleibiger Mann, auf den die Personenbeschreibung zutraf, die man uns gegeben

hat. Er schien misstrauisch zu sein und hat sich um-
geblickt, konnte mich aber nicht sehen.

Dann begann er zu wählen. Vielleicht habe ich
den Kopf zu weit vorgestreckt, mag sein. Vielleicht
hat er es sich aber auch einfach anders überlegt …
Nachdem er drei Ziffern gewählt hatte, hängte er
ein und verließ die Zelle.«

»Haben Sie ihn verhaftet?«

»Ich sollte ihn auf keinen Fall verhaften, sondern
verfolgen. Ich war überrascht, als ich ihn knapp
zwanzig Meter entfernt auf eine Frau zugehen sah,
die im Schatten eines Baums auf ihn wartete.«

»Was für eine Frau?«

»Eine sehr gut gekleidete Frau um die fünfzig.«

»Sah es so aus, als würden sie sich besprechen?«

»Nein. Sie hat ihn untergefasst, und sie sind auf
das Hôtel des Ambassadeurs zugegangen.«

Das Hotel, dessen Halle mit dem Kristalllüster
Maigret eine Stunde zuvor betrachtet hatte.

»Und dann?«

»Nichts. Der Portier gab ihm den Zimmerschlüssel und wünschte eine gute Nacht.«

»Haben Sie ihn genau gesehen?«

»Ziemlich genau. Meiner Meinung nach ist er älter
als seine Frau. Er muss auf die sechzig zugehen. Sie
haben den Fahrstuhl betreten. Danach habe ich sie
nicht mehr gesehen.«

»Trug er einen Smoking?«

»Nein, einen sehr gut geschnittenen dunklen Anzug. Sein silbergraues Haar ist nach hinten gekämmt, und er hat eine rosige Gesichtsfarbe … Und ich glaube, einen kleinen weißen Schnurrbart.«

»Haben Sie sich bei dem Portier erkundigt?«

»Natürlich. Das Paar wohnt in der Nummer einhundertfünf, in der ersten Etage: ein großes Schlafzimmer und ein Salon. Es ist ihr erster Aufenthalt in Vichy, aber sie kannten den Hotelbesitzer, dem auch ein Hotel in La Baule gehört … Der Mann heißt Louis Pélardeau, ein Industrieller. Er wohnt in Paris am Boulevard Suchet.«

»Ist er zur Kur hier?«

»Ja. Ich habe gefragt, ob dem Portier an seiner Art zu sprechen etwas aufgefallen sei, und er hat mir bestätigt, dass er an Asthma leidet. Doktor Rian behandelt die beiden.«

»Macht seine Frau auch eine Kur?«

»Ja. Sie scheinen keine Kinder zu haben. Sie haben im Hotel Freunde aus Paris getroffen, mit denen sie im Speisesaal am selben Tisch sitzen. Manchmal gehen sie auch gemeinsam ins Theater.«

»Überwacht jemand das Hotel?«

»Ich habe einen Streifenpolizisten damit beauftragt, bis mein Kollege kommt und ihn ablöst. Der dürfte jetzt vor Ort sein. Der Polizist hätte mich zum Teufel jagen können. Er hat aber gleich seine Unterstützung angeboten.«

Dicelle war ganz aufgeregt.

»Was halten Sie davon? Das ist er doch, oder?«

Statt einer Antwort zündete Maigret zuerst gemächlich seine Pfeife an. Sie standen keine hundert Meter vom Haus der Dame in Lila entfernt.

»Ich glaube schon«, sagte er schließlich und seufzte.

Der junge Inspektor blickte ihn erstaunt an, denn man hätte schwören können, der Kommissar bedauerte seine Worte.

»Ich muss vor dem Hotel auf den Chef warten. Er wird in zwanzig Minuten da sein.«

»Hat er gesagt, dass er mich sehen will?«

»Er hat gesagt, Sie würden mich bestimmt begleiten.«

»Zuerst muss ich meiner Frau Bescheid sagen.«

Aus dem Theater des Grand Casino strömten während der Pause zahllose Menschen auf die Straße. Viele Zuschauer, vor allem die Frauen in ihren leichten, oft tief dekolletierten Abendkleidern, blickten beunruhigt in den Himmel, der von Blitzen durchzuckt war. Der Wind trieb die tiefhängenden Wolken vor sich her, und von Westen näherte sich bedrohlich eine beinahe greifbare schwarze Wand.

Maigret und Dicelle warteten schweigend vor dem Hôtel des Ambassadeurs. Der Portier hinter dem lackierten Tresen, die Postfächer und das Schlüsselbrett im Rücken, beobachtete sie.

Lecœur traf in dem Augenblick ein, als es kalte, dicke Tropfen zu regnen begann und das Ertönen der Klingel die Pause beendete. Er manövrierte seinen Wagen aufwändig in eine Parkposition und trat endlich mit besorgtem Blick auf sie zu.

»Ist er auf seinem Zimmer?«, fragte er.

Dicelle beeilte sich zu antworten:

»Die Nummer einhundertfünf, in der ersten Etage mit den Fenstern zur Straße hin.«

»Ist seine Frau auch oben?«

»Ja, sie sind zusammen zurückgekommen.«

Eine Gestalt trat aus dem Schatten hervor, und ein Polizeibeamter, den Maigret nicht kannte, fragte leise:

»Soll ich weiter Wache stehen?«

»Ja.«

Lecœur zündete sich eine Zigarette an und stellte sich in den Eingang.

»Zwischen Sonnenuntergang und Sonnenaufgang darf ich ihn nicht verhaften, außer wenn er auf frischer Tat ertappt wird.«

Mit einer gewissen Ironie zitierte er diesen Absatz aus der Dienstvorschrift und fügte nachdenklich hinzu:

»Ich habe nicht einmal genügend Beweise gegen ihn, um einen Haftbefehl zu erwirken.«

Er schien Maigret um Hilfe bitten zu wollen, aber der rührte sich nicht.

»Es ist mir nicht recht, ihn die ganze Nacht schmoren zu lassen. Er ahnt bestimmt, dass man ihn erkannt hat … Irgendetwas hat ihn davon abgehalten zu telefonieren. Die Anwesenheit seiner Frau, wenige Schritte von der Telefonzelle entfernt, ist mir unerklärlich.«

Fast vorwurfsvoll fügte er hinzu:

»Sie sagen ja gar nichts, Chef.«

»Ich habe nichts zu sagen.«

»Was würden Sie an meiner Stelle tun?«

»Ich würde auch nicht warten. Ich würde allerdings nicht hinaufgehen. Die beiden sind bestimmt gerade dabei, sich auszuziehen. Diskreter wäre es, ihm ein paar Zeilen zu schreiben.«

»Und was zum Beispiel?«

»Dass ihm jemand in der Halle persönlich etwas mitteilen möchte.«

»Glauben Sie, er wird herunterkommen?«

»Jede Wette.«

»Wartest du hier auf uns, Dicelle? Wir müssen ja nicht gleich ins Hotel einfallen.«

Lecœur ging zum Portier, während Maigret mitten in der Halle stehen blieb und seinen Blick durch den riesigen, fast leeren Raum schweifen ließ. Alle Lüster brannten, und weit entfernt, wie in einer anderen Welt, spielten vier ältere Menschen, zwei Männer und zwei Frauen, mit bedächtigen Bewegungen Bridge. Die Distanz verlieh dem Bild etwas

Unwirkliches. Das Ganze wirkte wie in Zeitlupe aufgenommen.

Der Page eilte mit einem Brief in der Hand zum Fahrstuhl. Mit gedämpfter Stimme sagte Lecœur:

»Wir werden ja sehen, was dabei herauskommt.«

Dann nahm er seinen Hut ab, als wäre er sich plötzlich der förmlichen Umgebung bewusst geworden. Auch Maigret hielt seinen Strohhut in der Hand. Draußen entlud sich das Gewitter, und vor der Tür ging ein heftiger Regen nieder. Mehrere Menschen, die man nur von hinten sehen konnte, hatten sich in den Eingang geflüchtet.

Der Page war rasch zurückgekehrt und meldete:

»Monsieur Pélardeau kommt sofort herunter.«

Unwillkürlich hatten sie sich dem Fahrstuhl zugewandt. Maigret bemerkte bei seinem Kollegen, der mit Daumen und Zeigefinger seinen Schnurrbart glatt strich, eine gewisse Nervosität.

Oben klingelte es. Der Fahrstuhl fuhr hinauf, hielt einen Augenblick und kam wieder herunter.

Ein Mann in dunklem Anzug mit rosiger Gesichtsfarbe und silbergrauem Haar trat heraus, sah sich suchend um und ging mit fragendem Blick auf die beiden Männer zu.

Lecœur hielt seine Dienstmarke in der Hand und zeigte sie diskret.

»Ich würde mich gern mit Ihnen unterhalten, Monsieur Pélardeau.«

»Jetzt?«

Die Stimme klang tatsächlich so rau und heiser, wie man sie beschrieben hatte. Der Mann geriet nicht aus der Fassung. Er hatte Maigret bestimmt erkannt und schien verwundert, dass der Kommissar sich zurückhielt.

»Ja, jetzt. Mein Wagen steht vor der Tür. Ich werde mit Ihnen in mein Büro fahren.«

Sein Teint war nun weniger rosig. Pélardeau hielt sich trotz seiner sechzig Jahre sehr aufrecht. Alles an ihm strahlte sehr viel Würde aus.

»Es wird wohl nichts nützen, wenn ich mich weigere?«

»Nein. Es würde alles nur komplizierter machen.«

Ein Blick zum Portier, dann zum Salon, wo weit hinten noch immer die vier Gestalten zu erkennen waren. Dann ein Blick hinaus in den Regen.

»Ich brauche wohl nicht hinaufzugehen, um mir einen Hut und einen Regenmantel zu holen?«

Maigret begegnete Lecœurs Blick und deutete zur Decke. Es war sinnlos und grausam, die Frau im Ungewissen zu lassen. Es würde eine lange Nacht werden, und es war sehr unwahrscheinlich, dass ihr Mann zurückkommen würde, um sie zu beruhigen.

»Sie können Madame Pélardeau eine Nachricht hinaufschicken … Für den Fall, dass sie noch nicht Bescheid weiß«, murmelte Lecœur.

»Nein, sie weiß nichts. Was soll ich ihr schreiben?«

»Ich weiß es nicht. Dass Sie länger aufgehalten würden als angenommen.«

Der Mann ging zum Empfangstresen.

»Haben Sie ein Stück Papier, Marcel?«

Er war eher traurig als niedergeschlagen oder entsetzt. Mit einem Kugelschreiber, der auf dem Tresen lag, schrieb er ein paar Worte und verzichtete auf den Umschlag, den der Portier ihm reichte.

»Warten Sie ein paar Minuten, bis Sie die Nachricht hinaufbringen lassen.«

»Sehr wohl, Monsieur Pélardeau.«

Der Portier hätte gern noch etwas hinzugefügt, suchte nach Worten, fand sie aber nicht und schwieg.

»Hier entlang.«

Lecœur gab dem völlig durchnässten Dicelle mit gedämpfter Stimme einige Anweisungen und öffnete die Tür zum Fond.

»Steigen Sie ein.«

Der Industrielle bückte sich und stieg als Erster in das Auto.

»Sie auch, Chef.«

Maigret verstand, dass sein Kollege den Gefangenen nicht allein auf der Rückbank sitzen lassen wollte. Gleich darauf fuhren sie durch die Straßen; vorbei an ein paar Leuten, die durch den Regen rannten, während andere den Schutz der Bäume gesucht hatten. Manche hatten sich sogar im Musikpavillon untergestellt, dort, wo sonst die Musiker saßen.

Das Auto fuhr auf den Hof des Polizeigebäudes in der Avenue Victoria, und Lecœur musste mit dem wachhabenden Polizisten kaum ein Wort wechseln. In den Fluren brannte nur ein Teil der Lampen, und der Weg erschien Maigret sehr lang.

»Treten Sie ein … Es ist hier zwar nicht sehr komfortabel, aber ich möchte Sie nicht gleich nach Clermont-Ferrand bringen.«

Er legte seinen Hut ab und zögerte, sein Jackett auszuziehen, dessen Schultern so feucht waren wie die seiner beiden Begleiter. In dem Raum stand die Luft, und im Unterschied zu der plötzlichen Frische draußen war es hier heiß und stickig.

»Setzen Sie sich.«

Maigret hatte sich wieder in seiner Ecke niedergelassen, wo er gemächlich seine Pfeife stopfte, ohne den Blick vom Gesicht des Industriellen abzuwenden. Dieser hatte auf einem Stuhl Platz genommen und wartete, äußerlich ruhig.

Der Kommissar spürte jedoch, dass diese Ruhe verkrampft war, wie viel sie ihn kostete. Nicht ein Muskel zuckte in seinem Gesicht. Sein Blick wanderte von einem Polizisten zum anderen, und er versuchte wahrscheinlich zu verstehen, warum Maigret sich im Hintergrund hielt.

Um Zeit zu gewinnen, arrangierte Lecœur Notizblock und Bleistift vor sich auf dem Tisch und murmelte, als spräche er zu sich selbst:

»Ihre Antworten auf meine Fragen werden nicht aufgezeichnet, denn dies ist kein offizielles Verhör.«

Der Mann nickte.

»Sie heißen Louis Pélardeau und sind Industrieller. Sie wohnen in Paris am Boulevard Suchet.«

»Das ist richtig.«

»Sie sind verheiratet, nehme ich an.«

»Ja.«

»Haben Sie Kinder?«

Er zögerte und sagte dann mit seltsamer Bitterkeit: »Nein.«

»Sind Sie zur Kur hier?«

»Ja.«

»Sind Sie das erste Mal in Vichy?«

»Ich bin ein paarmal mit dem Auto durchgefahren.«

»Aber nicht, um eine bestimmte Person zu treffen?«

»Nein, niemals.«

Lecœur schob eine Zigarette in seine Zigarettenspitze, steckte sie an und schwieg eine Weile.

»Ich nehme an, Sie wissen, warum ich Sie hierhergebracht habe?«

Der Mann dachte nach, sein Gesichtsausdruck noch immer unergründlich, aber Maigret hatte bereits verstanden. Diese Ruhe, diese Reglosigkeit war keine Selbstbeherrschung, sondern die Folge einer tiefen Ergriffenheit.

Er stand unter Schock, und weiß Gott, wie er die Bilder um sich herum wahrnahm, wie Lecœurs Stimme in seinen Ohren hallte.

»Ich möchte lieber nicht antworten.«

»Sie sind widerstandslos mitgekommen.«

»Ja.«

»Waren Sie auf das gefasst, was jetzt geschieht?«

Er wandte sich Maigret zu, als wollte er ihn zu Hilfe rufen, und dann wiederholte er mit müder Stimme:

»Ich möchte lieber nicht antworten.«

Lecœur kritzelte ein Wort auf seinen Block und versuchte es auf andere Weise.

»Sie sind in Vichy überraschend einer Frau begegnet, die Sie seit fünfzehn Jahren nicht gesehen haben …«

Seine Augen glänzten ein wenig, aber man sah keine Tränen. Vielleicht lag es am grellen Licht. Dieses Zimmer am Ende eines Flurs wurde so selten benutzt, dass es nur dürftig möbliert war, und die einzige Beleuchtung war eine nackte Glühbirne, die an einem Kabel herabhing.

»Als Sie heute Abend mit Ihrer Frau ausgegangen sind, wussten Sie da, dass Sie unterwegs telefonieren würden?«

Er zögerte, nickte.

»Ihre Frau weiß also nichts davon?«

»Von dem Telefongespräch, das ich führen musste?«

»Wenn Sie so wollen ...«

»Nein.«

»Sie weiß so manches nicht über Sie?«

»Genau.«

»Sie sind trotzdem in eine öffentliche Telefonzelle gegangen.«

»Sie ist im letzten Augenblick mitgekommen. Ich hatte nicht die Geduld, auf eine andere Gelegenheit zu warten. Ich habe ihr gesagt, ich hätte den Schlüssel unseres Hotelzimmers in der Tür stecken lassen und würde den Portier anrufen.«

»Warum haben Sie die Nummer nicht vollständig gewählt?«

»Ich hatte das Gefühl, beobachtet zu werden.«

»Haben Sie etwas gesehen?«

»Hinter einem Baum hat sich etwas bewegt ... Im selben Augenblick dachte ich mir, der Telefonanruf sei sinnlos.«

»Warum?«

Er antwortete nicht. Er hatte seine Handflächen auf die Knie gelegt. Dickliche, weiße, gepflegte Hände.

»Wenn Sie rauchen möchten ...«

»Ich rauche nicht.«

»Stört Sie der Rauch?«

»Meine Frau raucht sehr viel. Zu viel ...«

»Haben Sie geahnt, dass sich jemand anders am Telefon melden würde als Francine Lange?«

Wieder antwortete er nicht, aber er stritt es auch nicht ab.

»Sie haben sie gestern Abend angerufen und ihr einen weiteren Anruf angekündigt, um ein Treffen mit ihr zu vereinbaren. Ich habe allen Grund, zu vermuten, dass Zeit und Ort der Verabredung bereits an dem Abend feststanden.«

»Entschuldigen Sie, ich bin nicht sehr kooperativ.«

Er musste Atem holen, und ein leichtes Pfeifen drang zwischen den Worten aus seiner Kehle.

»Glauben Sie mir, es ist kein böser Wille meinerseits.«

»Warten Sie auf den Beistand Ihres Anwalts?«

Er machte mit der rechten Hand eine vage Geste, als wollte er diesen Gedanken von sich weisen.

»Sie müssen sich aber einen Anwalt nehmen.«

»Da es das Gesetz verlangt, werde ich es tun.«

»Sind Sie sich im Klaren darüber, Monsieur Pélardeau, dass Sie kein freier Mann mehr sind?«

Lecœur war so taktvoll gewesen, das Wort »festgenommen« nicht auszusprechen, und Maigret war ihm dankbar dafür.

Seine Erscheinung imponierte ihnen, gerade in diesem winzigen Büro mit den kahlen Wänden. Er wirkte auf dem gedrechselten Holzstuhl noch größer, als er war, er blieb überraschend ruhig und sehr erhaben.

Beide hatten schon Hunderte Verdächtiger vernommen und waren nicht leicht zu beeindrucken, aber an diesem Abend waren sie es.

»Ich könnte dieses Gespräch auf morgen vertagen, aber das würde nichts ändern, nicht wahr?«

Der Mann schien zu denken, das sei allein die Sache des Kommissars, nicht seine.

»In welcher Branche sind Sie tätig?«

»In der Drahtzieherei.«

Ein Thema, über das er sprechen konnte, und er erläuterte seine Arbeit, um nicht immer nur mit Nein zu antworten oder beharrlich zu schweigen.

»Mein Vater hat mir eine kleine Drahtfabrik in der Nähe von Le Havre hinterlassen ... Ich habe sie vergrößern können und weitere Fabriken gebaut, zuerst in Rouen und dann in Strasbourg.«

»Sie stehen also an der Spitze eines bedeutenden Unternehmens?«

»Ja.«

Es war, als ob er sich dafür entschuldigte.

»Sind Ihre Büros in Paris?«

»Der Sitz des Unternehmens. Wir haben modernere Büros in Rouen und Strasbourg, aber mir war daran gelegen, den alten Firmensitz am Boulevard Voltaire zu erhalten.«

Für ihn gehörte all das bereits der Vergangenheit an. Binnen weniger Minuten war an diesem Abend, während ein goldbordierter Page mit einem Zettel in der Hand den Fahrstuhl hinauffuhr, ein großer

193

Teil seines Lebens ausgelöscht worden. Er wusste es, und vielleicht ließ er deshalb seinen Worten freien Lauf.

»Sind Sie schon lange verheiratet?«

»Dreißig Jahre.«

»Ist einmal eine gewisse Hélène Lange bei Ihnen angestellt gewesen?«

»Die Frage möchte ich nicht beantworten.«

So war es jedes Mal, wenn man den wunden Punkt berührte.

»Sind Sie sich im Klaren darüber, Monsieur Pélardeau, dass Sie es mir nicht unbedingt leicht machen?«

»Entschuldigen Sie.«

»Wenn Sie die Absicht haben, die Tatsachen zu leugnen, die ich Ihnen werde darlegen müssen, dann würde ich das lieber gleich wissen.«

»Ich weiß nicht, was Sie sagen werden ...«

»Behaupten Sie, dass Sie unschuldig sind?«

»In gewisser Hinsicht, nein.«

Lecœur und Maigret blickten sich an, denn er hatte soeben das Furchtbare ganz einfach und selbstverständlich ausgesprochen, ohne dass sich auch nur ein Muskel in seinem Gesicht regte.

Maigret sah den schattigen Park vor sich, das Grün, das an manchen Stellen im Lichtschein der Laternen unwirklich wirkte, die Musiker in ihren übertriebenen Uniformen.

Aber vor allem sah er das lange, schmale Gesicht von Hélène Lange, als sie für ihn und seine Frau noch nichts anderes war als die Dame in Lila.

»Kannten Sie Mademoiselle Lange?«

Er rührte sich nicht, und sein Atem stockte, als ob er zu ersticken drohte. Er bekam einen Asthmaanfall. Sein Gesicht wurde dunkelrot. Er zog ein Taschentuch hervor, krümmte sich, öffnete den Mund und begann heftig zu husten.

Maigret war froh, nicht an der Stelle seines Kollegen zu sein. Dieses eine Mal überließ er die unangenehme Arbeit einem anderen.

»Ich ...«

»Ich bitte Sie, nehmen Sie sich Zeit.«

Seine Augen glänzten, und er bemühte sich vergeblich, den Hustenanfall, der mehrere Minuten dauerte, zu unterdrücken.

Sein Gesicht war noch immer rot, als er sich wieder aufrichtete und sich die Stirn abtupfte.

»Verzeihen Sie ...«

Er war kaum zu verstehen.

»Ich habe diese Anfälle mehrmals am Tag ... Doktor Rian glaubt, die Kur würde mir guttun.«

Ihm wurde plötzlich bewusst, wie ironisch diese Worte klangen.

»Ich meine: hätte mir guttun können ...«

Sie hatten denselben Arzt konsultiert, Maigret und er, hatten sich in demselben Untersuchungszimmer ausgezogen, dessen Wände weiß lackiert waren, und auf derselben mit einem weißen Tuch bedeckten Liege gelegen.

»Wie lautete Ihre Frage?«

»Ob Sie Hélène Lange kannten …«

»Es hätte keinen Sinn, es zu leugnen.«

»Haben Sie sie gehasst?«

Wenn Maigret gekonnt hätte, hätte er seinem Kollegen ein Zeichen gegeben, denn er schlug einen falschen Weg ein.

Der Mann blickte Lecœur daraufhin mit ehrlichem Erstaunen an, und einen Augenblick lang wirkte dieser Sechzigjährige wie ein argloses Kind.

»Warum?«, murmelte er. »Warum hätte ich sie hassen sollen?«

Er wandte sich Maigret zu, als wollte er ihn zum Zeugen nehmen.

»Haben Sie sie geliebt?«

Deutlich sichtbar vollzog sich eine unerwartete Wandlung. Er runzelte die Stirn, bemühte sich zu verstehen. Die beiden letzten Fragen hatten ihn überrascht. Es schien, als gerieten seine Grundfesten ins Wanken.

»Ich verstehe nicht recht …«, stammelte er.

Dann sah er wieder von einem zum anderen, wobei sein Blick länger auf Maigrets Gesicht ruhte.

Man spürte, dass irgendwo ein Missverständnis vorlag.

»Sie haben sie in ihrer Wohnung in der Rue Notre-Dame-de-Lorette besucht.«

»Ja.«

Er schien hinzufügen zu wollen:

»Aber warum ist das von Bedeutung?«

»Sie bezahlten ihr doch wohl die Miete?«

Er nickte diskret.

»War sie Ihre Sekretärin?«

»Sie war eine meiner Angestellten.«

»Ihr Verhältnis hat mehrere Jahre gedauert ...«

Man spürte deutlich, dass er mit irgendetwas haderte.

»Ich habe sie ein- oder zweimal in der Woche besucht.«

»Wusste Ihre Frau davon?«

»Nein, natürlich nicht.«

»Hat sie nie etwas geahnt?«

»Nie.«

»Und jetzt?«

Der arme Pélardeau wirkte wie jemand, der unablässig gegen dieselbe Wand anrennt.

»Auch jetzt nicht. Das hat aber nichts zu tun mit ...«

Mit dem Mord? Mit seinen Telefonanrufen? Jeder sprach seine eigene Sprache, jeder verfolgte seine eigene Idee, und beide waren überrascht, dass sie einander nicht verstanden.

7

Lecœurs Blick fiel auf das Telefon auf dem Tisch, und er schien zu zögern. Dann bemerkte er eine kleine Plakette mit einem weißen Knopf und drückte ihn.

»Gestatten Sie? Ich weiß nicht, wo es klingelt, wenn es überhaupt irgendwo klingelt. Mal sehen, ob jemand kommt.«

Er sehnte sich nach einer kleinen Pause, und sie warteten schweigend, wobei sie es vermieden, sich anzusehen. Vielleicht war Pélardeau von den drei Männern der ruhigste, zumindest äußerlich beherrschteste. Allerdings war für ihn die Partie zu Ende, er hatte nichts mehr zu verlieren.

Von fern hörte man Schritte auf einer Eisentreppe, dann in einem Flur, in einem weiteren, und endlich klopfte es leise an der Tür.

»Herein!«

Es war ein sehr junger Polizist in einer tadellosen Uniform, der im Vergleich zu den drei älteren Männern wie die Lebenskraft selbst wirkte.

Lecœur, der in dem Haus nur zu Gast war, fragte ihn:

»Haben Sie einen Augenblick Zeit?«

»Selbstverständlich, Herr Kommissar. Wir haben gerade Karten gespielt.«

»Könnten Sie in unserer Abwesenheit Monsieur Pélardeau bewachen?«

Der Polizist wusste von nichts und betrachtete erstaunt diesen eleganten Mann, der großen Eindruck auf ihn machte.

»Gern, Herr Kommissar.«

Kurz darauf waren Lecœur und Maigret in der Eingangshalle. Bevor man die Stufen erreichte, die ins Freie führten, ging man unter einer Markise, die Schutz vor dem Regen bot, der eine grobe Schraffur in die Dunkelheit zeichnete.

»Ich bin da drin fast erstickt und dachte mir, Sie würden auch nichts dagegen haben, etwas Luft zu schnappen.«

Die mächtige Wolke, aus der die Blitze hervorzuckten, hing mitten über der Stadt. Der Wind ließ allmählich nach. Durch die verlassene Straße fuhr hin und wieder ein Wagen in Zeitlupentempo und ließ ganze Wasserfontänen hochschießen.

Der Chef der Kriminalpolizei von Clermont-Ferrand zündete sich eine Zigarette an und beobachtete die Regentropfen, die auf den Zement klatschten und die Blätter im Garten erzittern ließen.

»Ich glaube, ich habe mich fürchterlich verrannt, Chef ... Ich hätte Ihnen den Vortritt lassen müssen.«

»Ich hätte es auch nicht anders gemacht ... Sie haben ihm Vertrauen eingeflößt. Er hatte einen Punkt erreicht, an dem es ihm sinnlos schien, Ihre Fragen zu beantworten. Darum zog er es vor, unter allen Umständen zu schweigen. Er war am Ende, reagierte nicht mehr, nahm alles hin.«

»Ja, den Eindruck hatte ich auch.«

»Nach und nach haben Sie ihm ein paar Antworten entlockt. Er hat sich interessiert gezeigt. Dann ist etwas geschehen, das ich mir noch immer nicht erklären kann. Einer Ihrer Sätze hat ihn irritiert.«

»Welcher?«

»Ich weiß es nicht. Ich weiß nur, dass sich plötzlich ein Schalter umgelegt hat ... Ich habe sein Gesicht genau beobachtet und auf einmal ein tiefes Staunen darin gelesen. Man müsste sich all die Worte noch einmal durch den Kopf gehen lassen können. Er war überzeugt, dass wir mehr wussten.«

»Worüber?«

Maigret schwieg und zog an seiner Pfeife.

»Etwas, das für ihn klar auf der Hand liegt, das uns aber entgangen ist.«

»Ich hätte unser Gespräch vielleicht doch aufzeichnen sollen.«

»Dann hätte er geschwiegen.«

»Wollen Sie das Verhör wirklich nicht übernehmen, Chef?«

»Das wäre nicht nur rechtswidrig, was sich sein

Anwalt später zunutze machen könnte, sondern ich würde es auch nicht besser machen als Sie, vielleicht sogar weniger gut.«

»Ich weiß nicht mehr, wie ich es anpacken soll. Das Schlimmste ist, ich habe Mitleid mit ihm, da mag er noch so schuldig sein. Er gehört nicht zu den Kriminellen, mit denen wir es sonst zu tun haben … Als wir vorhin das Hotel verließen, schien es mir, als fiele eine Tür hinter ihm für immer ins Schloss.«

»Er hat das auch gespürt.«

»Glauben Sie?«

»Er wollte um jeden Preis seine Würde wahren, und er würde jedes Mitleid als Almosen betrachten.«

»Ich frage mich, ob er irgendwann einknickt.«

»Ja, er wird reden.«

»Heute Nacht noch?«

»Vielleicht.«

»Worauf wird er anspringen?«

Maigret öffnete den Mund, um etwas zu sagen, schloss ihn aber gleich wieder und zog an seiner Pfeife. Dann sagte er ausweichend:

»Irgendwann, nicht zu früh, könnten sie auf Mesnil-le-Mont anspielen. Sie könnten ihn zum Beispiel fragen, ob er schon einmal dort war.«

Er schien dem selbst nicht allzu viel Bedeutung beizumessen.

»Glauben Sie, dass er dort war?«

»Ich habe keine Ahnung.«

»Aus welchem Grund sollte er dort gewesen sein, was könnte das mit den Ereignissen in Vichy zu tun haben?«

»Es ist nur ein vages Gefühl«, erwiderte Maigret entschuldigend. »Wenn man vom Strom mitgerissen wird, muss man sich an irgendetwas festhalten …«

Auch der Polizist, der jetzt Wache hielt, war jung, und in seinen Augen waren die beiden Männer, die sich unter der Markise unterhielten, bedeutende Persönlichkeiten, die den Höhepunkt ihrer Laufbahn erreicht hatten.

»Wie gern würde ich jetzt ein Bier trinken …«

An der Straßenecke befand sich eine Bar, aber sich in die Sintflut hinauszustürzen war undenkbar. Das Wort »Bier« ließ Maigret milde lächeln. Er hatte es Rian versprochen, und er würde sein Wort halten.

»Gehen wir wieder hinauf?«

In dem Raum oben lehnte der Polizist an der Wand. Er nahm rasch Haltung an, während Pélardeau sie nacheinander musterte.

»Danke, Kleiner. Sie können gehen.«

Lecœur setzte sich wieder an seinen Platz und schob Notizblock, Bleistift und Telefon ein wenig zurecht.

»Ich habe Ihnen einige Minuten zum Nachdenken gegeben, Monsieur Pélardeau, ich will Sie nicht mit

Fragen bedrängen, die nur dazu führen, Sie zu verwirren. Im Augenblick versuche ich mir ein Bild zu machen. Es ist nicht leicht, so unvermittelt in das Leben eines Menschen einzudringen, ohne dabei Fehler zu machen.«

Er suchte den richtigen Ton, wie die Musiker im Orchestergraben, bevor sich der Vorhang hebt. Pélardeau blickte ihn aufmerksam an, ohne dabei das geringste Gefühl zum Ausdruck zu bringen.

»Sie waren schon eine Weile verheiratet, nehme ich an, als Sie Hélène Lange kennengelernt haben?«

»Ich war über vierzig, kein junger Mann mehr. Und seit vierzehn Jahren verheiratet.«

»War es eine Liebesheirat?«

»Die Liebe, das ist ein Wort, dessen Bedeutung sich im Laufe des Lebens doch sehr verändert.«

»Es war also keine reine Standesheirat oder Vernunftehe?«

»Nein. Es war mein freier Entschluss, und ich bereue nichts, außer dem seelischen Schmerz, den ich meiner Frau zufügen werde. Wir sind sehr gute Freunde, sind es immer gewesen, und ich habe bei ihr stets größtes Verständnis gefunden.«

»Selbst hinsichtlich Hélène Lange?«

»Davon habe ich ihr nichts erzählt.«

»Warum nicht?«

»Es fällt mir schwer, über dieses Thema zu sprechen. Ich bin kein Schürzenjäger. Ich habe viel gearbeitet in meinem Leben und bin lange Zeit vermutlich recht naiv gewesen.«

»Leidenschaft?«

»Ich weiß nicht, wie ich es ausdrücken soll. Ich fand einen Menschen, der ganz anders war als alle, die ich kannte. Hélène zog mich an, und gleichzeitig erschreckte sie mich. Ihre schwärmerische Art hat mich verwirrt.«

»Waren Sie ihr Liebhaber?«

»Erst viel später.«

»Hat sie sich bitten lassen?«

»Nein. Ich war es, der … Sie hatte vor mir noch kein Verhältnis gehabt … Aber für Sie ist das sicher alles banal, nicht wahr … Ich liebte sie, zumindest habe ich geglaubt, sie zu lieben. Sie verlangte nichts, begnügte sich mit einem kleinen Platz in meinem Leben, mit den wöchentlichen Besuchen, die Sie erwähnten.«

»Haben Sie nie daran gedacht, sich scheiden zu lassen?«

»Nie! Übrigens, ich habe meine Frau immer geliebt, auf eine andere Art, und ich wäre nicht bereit gewesen, sie zu verlassen …«

Er konnte einem leidtun! In seinen Büros, den Fabriken oder als Vorstand einer Aufsichtsratssitzung fühlte er sich vermutlich wohler.

»Hat sie Sie verlassen?«

»Ja.«

Lecœur warf Maigret einen kurzen Blick zu.

»Sagen Sie, Monsieur Pélardeau, waren Sie schon einmal in Mesnil-le-Mont?«

Er wurde rot, senkte den Kopf und stammelte:

»Nein.«

»Haben Sie gewusst, dass sie dort war?«

»Zu der Zeit nicht.«

»Hatten Sie sich schon getrennt, als sie dorthin fuhr?«

»Sie hatte mir gesagt, dass sie mich nicht wiedersehen wird.«

»Warum?«

Wieder Verblüffung, Verständnislosigkeit, wieder dieser Blick eines Menschen, der nicht mehr weiß, woran er ist.

»Sie wollte nicht, dass unser Kind …«

Nun riss Lecœur die Augen weit auf, während Maigret sich nicht rührte, in sich ruhend dahockte wie ein dicker, zufriedener Kater.

»Von welchem Kind sprechen Sie?«

»Aber … von Hélènes … von meinem Sohn …«

Trotz allem sprach er das letzte Wort mit einem gewissen Stolz aus.

»Sie wollen damit sagen, dass sie ein Kind von Ihnen hatte?«

»Ja, Philippe.«

Lecœur kochte innerlich.

»Es ist ihr gelungen, Ihnen einzureden, dass …«

Sein Gegenüber blieb geduldig, schüttelte langsam den Kopf.

»Sie hat mir nichts eingeredet. Ich habe den Beweis.«

»Welchen Beweis?«

»Die Geburtsurkunde.«

»Ausgestellt vom Bürgermeister von Mesnil-le-Mont?«

»Ja, natürlich.«

»Und als Mutter ist Hélène Lange angegeben?«

»Selbstverständlich.«

»Und Sie sind nicht hingefahren, um dieses Kind zu sehen, das Sie als Ihren Sohn betrachten?«

»Das ich als meinen Sohn betrachte? Das mein Sohn *ist*. Ich bin nicht dorthin gefahren, weil ich da noch nicht wusste, wo Hélène das Kind bekommen hatte.«

»Warum diese Heimlichtuerei?«

»Weil sie nicht wollte, dass ihr Kind später in eine ... wie soll ich sagen ... zweifelhafte Situation geriet.«

»Finden Sie nicht, dass solche Skrupel altmodisch sind?«

»Für manche vielleicht, aber Hélène war in diesem Sinn altmodisch. Sie hatte eine hohe Meinung von ...«

»Hören Sie, Monsieur Pélardeau, ich glaube, ich beginne langsam zu verstehen, aber im Augenblick müssen wir diese Gefühlsfragen beiseitelassen ...

Entschuldigen Sie, wenn ich Ihnen zu nahe trete. Aber den Tatsachen kann man nicht ausweichen, weder Sie noch ich.«

»Ich weiß nicht, worauf Sie hinauswollen.«

Hinter seiner scheinbaren Selbstsicherheit kam eine vage Unruhe zum Vorschein.

»Kannten Sie Francine Lange?«

»Nein.«

»Sind Sie ihr niemals in Paris begegnet?«

»Nein. Auch sonst nirgends.«

»Wussten Sie, dass Hélène eine Schwester hatte?«

»Ja. Sie hat mir von einer jüngeren Schwester erzählt. Sie waren beide Waisen. Hélène hatte ihr Studium aufgeben müssen, um zu arbeiten, damit ihre Schwester ...«

Lecœur, der nicht mehr stillsitzen konnte, erhob sich, und wenn das Büro größer gewesen wäre, wäre er wütend auf und ab gegangen.

»Sprechen Sie weiter ... Sprechen Sie weiter ...«

Er fuhr sich mit der Hand über die Stirn.

»... damit ihre Schwester die Ausbildung bekommen konnte, die sie verdiente.«

»Die sie verdiente, soso ... Nehmen Sie es mir nicht übel, Monsieur Pélardeau, ich werde Ihnen jetzt sehr wehtun. Ich sollte es vielleicht anders anfangen und Sie auf die Wahrheit vorbereiten.«

»Welche Wahrheit?«

»Mit fünfzehn arbeitete die Schwester in einem

Friseursalon in La Rochelle und war die Geliebte eines Taxifahrers, ehe sie die Geliebte von ich weiß nicht wie vielen Männern wurde.«

»Ich habe ihre Briefe gelesen.«

»Wessen Briefe?«

»Die von Francine. Sie war in einem bekannten Schweizer Internat.«

»Sind Sie dort gewesen?«

»Nein, natürlich nicht.«

»Haben Sie die Briefe aufgehoben?«

»Ich habe sie nur überflogen.«

»Und unterdessen arbeitete Francine als Maniküre in einem Luxushotel an den Champs-Élysées … Verstehen Sie? Alles, was Sie gesehen haben, war bloß Fassade.«

Der Mann kämpfte immer noch. Seine undurchdringlichen Gesichtszüge begannen sich dennoch zu lösen, und sein Mund verzerrte sich plötzlich zu einer jämmerlichen Fratze, sodass Maigret und Lecœur den Blick abwandten.

»Das kann doch nicht sein«, stammelte er.

»Es ist leider die Wahrheit.«

»Aber warum?«

Ein letztes Mal rief er das Schicksal um Hilfe. Man sollte ihm sofort sagen, dass das eine Lüge sei, und zugeben, dass die Polizei nur versuche, ihn mit diesen widerlichen Geschichten aus der Fassung zu bringen.

»Entschuldigen Sie, Monsieur Pélardeau … Bis

heute Abend, bis vor wenigen Minuten wusste auch ich nicht, dass die beiden gemeinsame Sache gemacht haben.«

Er zögerte, sich wieder zu setzen. Er war noch immer zu unruhig.

»Hat Hélène nie Andeutungen gemacht, Sie heiraten zu wollen?«

»Nein.«

Das Nein klang schon weniger kategorisch.

»Selbst dann nicht, als sie Ihnen gesagt hat, dass sie schwanger ist?«

»Sie wollte meine Ehe nicht zerstören.«

»Also hat sie mit Ihnen darüber gesprochen.«

»Nicht so, wie Sie glauben. Nur, um mir zu sagen, dass sie verschwinden würde.«

»Wollte sie sich das Leben nehmen?«

»Davon war nicht die Rede. Da es kein eheliches Kind sein konnte ...«

Lecœur seufzte und blickte Maigret wieder einmal an. Sie verstanden sich. Sie sahen die Szenen deutlich vor sich, die sich zwischen Hélène Lange und ihrem Liebhaber abgespielt haben mussten.

»Sie glauben mir nicht ... Ich selbst ...«

»Versuchen Sie der Wahrheit ins Gesicht zu sehen. Es kann Ihnen nur helfen.«

»Mir? In meiner Lage?«

Er deutete auf die Wände, als wären es Gefängnismauern.

»Lassen Sie mich zu Ende reden, so lächerlich Ihnen das erscheinen mag ... Sie wollte ihr Leben allein unserem Kind widmen und es aufziehen, so wie sie auch ihre Schwester aufgezogen hatte.«

»Ohne dass Sie es jemals zu Gesicht bekamen?«

»Wie hätte man ihm erklären sollen, wer ich bin?«

»Sie hätten doch ein Onkel oder ein Freund sein können.«

»Hélène hasste Lügen.«

Plötzlich lag ein Anflug von Ironie in seiner Stimme, was ein gutes Zeichen war.

»Und so verhinderte sie also, dass Ihr Sohn jemals erfuhr, dass Sie sein Vater sind?«

»Später, wenn er volljährig sein würde, hätte sie es ihm gesagt.«

Mit seiner heiseren Stimme fügte er hinzu:

»Er ist jetzt fünfzehn.«

Lecœur und Maigret schwiegen betroffen.

»Als ich sie in Vichy gesehen habe, beschloss ich ...«

»Fahren Sie fort.«

»... ihn zu sehen, zu erfahren, wo er sich aufhält.«

»Haben Sie es erfahren?«

Er schüttelte den Kopf. Die Tränen in seinen Augen waren echt.

»Nein.«

»Wo, hat Hélène Ihnen gesagt, würde sie das Kind zur Welt bringen?«

»In einem Dorf, das sie kannte … Den Namen hat sie mir nicht genannt. Erst zwei Monate später hat sie mir die Geburtsurkunde geschickt. Der Brief kam aus Marseille.«

»Wie viel Geld haben Sie ihr gegeben, bevor sie wegging?«

»Ist das wichtig?«

»Sehr, wie Sie bald sehen werden.«

»Zwanzigtausend Franc … Ich habe ihr dreißigtausend nach Marseille geschickt. Und ich habe daran festgehalten, ihr Unterhalt zukommen lassen, damit unser Sohn die bestmögliche Erziehung erhält.«

»Fünftausend Franc im Monat?«

»Ja.«

»Unter welchem Vorwand ließ sie sich dieses Geld in verschiedene Städte schicken?«

»Sie zweifelte an meiner Charakterstärke.«

»Hat sie diesen Ausdruck benutzt?«

»Ja … Ich habe mich schließlich einverstanden erklärt, den Jungen erst zu sehen, wenn er einundzwanzig ist.«

Lecœur schien Maigret zu fragen:

»Was soll ich tun?«

Maigret schloss zwei- oder dreimal die Augenlider und biss ein wenig kräftiger auf die Pfeife zwischen seinen Lippen.

8

Lecœur hatte sich zögerlich wieder gesetzt. Er wandte sich dem Mann zu, der nun abgekämpft wirkte. Er hatte ihm hart zusetzen müssen und sagte mit einem Bedauern in der Stimme:

»Ich werde Ihnen noch einmal wehtun, Monsieur Pélardeau.«

Das bittere Lächeln auf seinem Gesicht schien zu sagen: Glauben Sie, dass man mich noch tiefer treffen kann?

»Ich empfinde viel Sympathie und sogar Respekt für Sie als Mensch. Ich spiele Ihnen nichts vor, um Sie zu einem Geständnis zu bewegen, das wir im Übrigen nicht brauchen. Was ich Ihnen sagen muss, ist, wie alles, was ich Ihnen bisher gesagt habe, die einfache Wahrheit, und ich bedaure, dass sie so brutal ist.«

Er machte eine kleine Pause, um Pélardeau die Zeit zu geben, sich vorzubereiten.

»Hélène Lange hat nie einen Sohn von Ihnen bekommen.«

Er war auf vehementen Widerspruch, auf eine heftige Szene gefasst, aber ihm gegenüber saß, ohne jede Reaktion, ein gebrochener Mensch, der schwieg.

»Haben Sie nie Zweifel gehabt?«

Pélardeau blickte auf, schüttelte den Kopf, zeigte auf seine Kehle, um zu bedeuten, dass er nicht sofort sprechen könne. Er hatte kaum sein Taschentuch hervorgezogen, als ihn ein noch heftigerer Asthmaanfall überkam.

Während sie schwiegen, bemerkte Maigret, dass es draußen still geworden war. Das Gewitter hatte sich verzogen, und auch der Regen klatschte nicht mehr aufs Pflaster.

»Entschuldigen Sie bitte …«

»Sie haben die Wahrheit manchmal geahnt, nicht wahr?«

»Ein Mal. Ein einziges Mal.«

»Wann?«

»Hier … An dem Abend, als …«

»Wie viele Tage vorher waren Sie ihr begegnet?«

»Zwei Tage.«

»Sind Sie ihr gefolgt?«

»Ja, um zu wissen, wo sie wohnte. Ich habe gehofft, sie mit meinem Sohn zu sehen, oder ihn allein, wie er das Haus verlässt.«

»Haben Sie sich ihr am Montagabend gezeigt, als sie heimkehrte?«

»Nein. Ich habe die Gäste herauskommen sehen. Ich wusste, sie war im Park und hörte das Konzert ... Sie hat Musik immer geliebt. Es war nicht schwer, die Tür zu öffnen. Mein Zimmerschlüssel hat genügt ...«

»Sie haben die Schubladen durchwühlt.«

»Zuerst habe ich gesehen, dass es nur *ein* Bett gab ...«

»Die Fotos?«

»Von ihr. Nur von ihr. Ich hätte alles darum gegeben, ein einziges Kinderfoto zu entdecken ...«

»Und um Briefe zu finden?«

»Ja. Ich sah mich einer unerklärlichen Leere gegenüber. Selbst wenn Philippe im Internat war, musste er ...«

»Hat sie Sie ertappt, als sie nach Hause kam?«

»Ja ... Ich habe sie angefleht, mir zu sagen, wo unser Sohn ist ... Ich erinnere mich daran, dass ich sie gefragt habe, ob er tot sei, einen Unfall gehabt habe ...«

»Und sie verweigerte die Antwort?«

»Sie war ruhiger als ich ... Sie erinnerte mich an unsere Vereinbarung.«

»Das Versprechen, Sie und Ihren Sohn zusammenzubringen, wenn er einundzwanzig sein würde?«

»Ja. Ich hatte geschworen, nicht zu versuchen, mit ihm in Verbindung zu treten.«

»Hat sie Ihnen von Ihrem Sohn berichtet?«

»Ja, bis ins Detail ... Seine ersten Zähne ... seine Kinderkrankheiten ... Das Kindermädchen, das sie engagiert hatte, als sie sich schwach fühlte ... Dann die Schule. Sie erzählte mir fast von jedem Tag seines Lebens.«

»Ohne zu erwähnen, wo er war?«

»Ja. Zuletzt schrieb sie, dass er Medizin studieren wolle.«

Er blickte den Kommissar ohne falsche Scham ins Gesicht.

»Er hat nie existiert?«

»Doch ... Aber er war nicht Ihr Sohn.«

»War da ein anderer Mann?«

Lecœur schüttelte den Kopf.

»Francine Lange, ihre Schwester, hatte in Mesnille-Mont einen Jungen geboren ... Ich muss zugeben, dass ich bis zu dem Zeitpunkt, als Sie es mir bestätigten, nicht wusste, dass das Kind beim Standesamt als Hélène Langes Sohn gemeldet war. Die Idee muss den beiden Schwestern gekommen sein, als Francine schwanger war. Wie ich Francine Lange kenne, dachte sie sicher gleich daran, es abzutreiben ... Ihre Schwester hatte mehr Weitblick.«

»Für den Bruchteil einer Sekunde hatte ich meine Zweifel ... Ich habe es Ihnen gesagt. An jenem Abend, nachdem ich sie angefleht hatte, habe ich ihr gedroht ... Fünfzehn Jahre lang habe ich an diesen Sohn gedacht, den ich eines Tages kennenlernen würde. Wir haben keine Kinder, meine Frau und ich ... Mich als Vater zu fühlen ... Aber wozu das alles noch?«

»Sie haben sie am Hals gepackt?«

»Um ihr Angst einzujagen, damit sie es mir sagte. Ich habe sie angeschrien, mir die Wahrheit zu sagen ... An die Schwester habe ich nicht gedacht, sondern vielmehr befürchtet, das Kind sei tot oder körperlich behindert.«

Er ließ seine Hände sinken, als wäre alle Energie aus seinem mächtigen Körper entwichen.

»Ich habe zu stark zugedrückt ... Ich habe es nicht gemerkt ... Wenn doch nur ihr Gesicht irgendein Gefühl ausgedrückt hätte! Aber nein, nichts, nicht einmal Angst!«

»Als Sie aus der Zeitung erfahren haben, dass ihre Schwester in Vichy eingetroffen sei, haben Sie da wieder Hoffnung geschöpft?«

»Wenn das Kind lebte, wenn nur Hélène wusste, wo es sich befand, dann hätte es niemanden mehr gegeben, der sich um den Jungen kümmerte ... Ich habe jeden Tag damit gerechnet, verhaftet zu werden. Sie haben sicher meine Fingerabdrücke gefunden.«

»Aber wir haben sie bisher nicht identifizieren können. Trotzdem wären wir irgendwann auf Sie gestoßen.«

»Ich musste es unbedingt wissen, um Vorkehrungen zu treffen.«

»Sie haben in alphabetischer Reihenfolge verschiedene Hotels angerufen.«

»Woher wissen Sie das?«

Es war kindisch, aber Lecœur brauchte diese Genugtuung.

»Sie haben aus verschiedenen öffentlichen Telefonzellen angerufen.«

»Sie waren mir also auf der Spur?«

»Fast.«

»Und Philippe?«

»Der Sohn von Francine Lange ist kurz nach seiner Geburt bei einer Familie Berteaux in Pflege gegeben worden, kleine Bauern in Saint-André-de-Lavion in den Vogesen ... Von Ihrem Geld haben die beiden Schwestern einen Friseursalon in La Rochelle gekauft. Weder die eine noch die andere hat sich um das Kind gekümmert ... Es hat weiterhin auf dem Land gelebt, bis es mit zweieinhalb Jahren in einen Tümpel gefallen ist.«

»Ist es tot?«

»Ja ... Aber für Sie musste es am Leben bleiben, und Hélène hat nach und nach seine Kindheit erfunden, seine ersten Schuljahre, seine Spiele und zuletzt seinen Wunsch, Arzt zu werden ...«

»Das ist abscheulich.«

»Ja.«

»Dass eine Frau ...«

Er schüttelte den Kopf.

»Ich glaube Ihnen … Aber etwas in mir wehrt sich gegen diese Wahrheit.«

»Es wäre nicht das erste Mal, dass so ein Fall in die Kriminalgeschichte eingeht. Ich könnte Ihnen eine Reihe derartiger Verbrechen aufzählen.«

»Nein, bitte«, flehte er.

Er war ganz in sich zusammengesunken, hatte nichts mehr, an das er sich klammern konnte.

»Sie hatten vorhin recht, als Sie sagten, Sie bräuchten keinen Anwalt. Es wird genügen, wenn Sie vor den Geschworenen Ihre Geschichte erzählen.«

Er rührte sich nicht, hatte den Kopf in die Hände gelegt.

»Ihre Frau ist sicherlich beunruhigt … Meiner Meinung nach wird ihr die Wahrheit weniger wehtun als das, was sie sich ausmalt …«

Er schien nicht mehr an sie gedacht zu haben, und er hob endlich den Kopf, sein Gesicht war gerötet.

»Was soll ich ihr sagen?«

»Sie können ihr leider jetzt nichts sagen. Ich bin nicht berechtigt, Sie auf freien Fuß zu setzen, nicht einmal für kurze Zeit. Ich muss Sie mitnehmen nach Clermont-Ferrand. Wenn der Untersuchungsrichter nichts dagegen hat, wovon ich ausgehe, wird Ihre Frau Sie besuchen dürfen.«

Dieser Gedanke verwirrte Pélardeau. In seiner Verzweiflung sah er zu Maigret.

»Könnten Sie das nicht übernehmen?«

Maigret warf seinem Kollegen einen fragenden Blick zu. Lecœur zuckte nur mit den Schultern, als würde es ihn nichts angehen.

»Ich werde mein Bestes tun.«

»Aber Sie müssen es ihr schonend beibringen. Seit einigen Jahren leidet sie an Herzschwäche. Wir sind beide nicht mehr die Jüngsten …«

Maigret ebenso wenig. Er fühlte sich alt an diesem Abend. Er hatte es eilig, seine Frau wiederzusehen, zu ihrer täglichen Routine zurückzukehren, ihre Spaziergänge durch Vichy wieder aufzunehmen und auf den kleinen gelben Stühlen im Park zu sitzen.

Sie gingen gemeinsam hinunter.

»Soll ich Sie am Hotel absetzen, Chef?«

»Ich gehe lieber zu Fuß.«

Das Pflaster glänzte. Der schwarze Wagen fuhr mit Lecœur und Pélardeau davon.

Maigret zündete sich seine Pfeife an und steckte die Hände in die Taschen. Es war nicht kalt, aber das Thermometer war durch das Gewitter um mehrere Grad gefallen. Wasser tropfte von den beiden Lorbeerbäumen, die den Eingang des Hôtel de la Bérézina flankierten.

»Da bist du ja endlich!« Madame Maigret seufzte und stieg aus dem Bett, um ihn zu begrüßen.

»Ich habe geträumt, du seist am Quai des Orfèvres, hättest ein nicht enden wollendes Verhör geführt und dir unaufhörlich Bier heraufbringen lassen.«

Nachdem sie ihn einen Augenblick gemustert hatte, murmelte sie:

»Ist es vorbei?«

»Ja.«

»Wer war es?«

»Ein achtbarer Mann mit Tausenden von Angestellten und Arbeitern in seinen Fabriken, und doch so naiv.«

»Ich hoffe, du schläfst morgen aus?«

»Leider nicht ... Ich muss seiner Frau alles erklären.«

»Sie weiß nichts davon?«

»Nein.«

»Ist sie hier?«

»Im Hôtel des Ambassadeurs.«

»Und er?«

»In einer halben Stunde wird er im Gefängnis von Clermont-Ferrand sein.«

Während er sich auszog, betrachtete sie ihn weiterhin. Er erschien ihr etwas merkwürdig.

»Wie viele Jahre, glaubst du, wird er ...«

Maigret, der sich die letzte Pfeife für diesen Tag stopfte, um nur einmal kurz daran zu ziehen, bevor er zu Bett ging, antwortete:

»Ich hoffe, er wird freigesprochen.«

Epalinges (Vaud), 11. September 1967

Maigret
Band M51

Georges Simenon
Maigret auf Reisen
Aus dem Französischen von Hansjürgen Wille,
Barbara Klau und Claire Schmartz
208 Seiten, Taschenbuch
ISBN 978-3-455-00758-9
Atlantik Verlag

Colonel Ward, zweifach geschiedener englischer Millionär, liegt tot in der Badewanne seiner Suite im Pariser Hôtel George V Blutergüsse deuten auf ein Gewaltverbrechen hin. Als Maigret die Ermittlungen aufnimmt, findet er sich in höchst illustren Kreisen wieder, einer ihm fremden Welt. Und dann muss er auch noch der Geliebten des Colonels hinterherreisen, einer gewissen Comtesse Palmieri, die in der Mordnacht fluchtartig aus Paris verschwunden ist. Per Flugzeug geht es für Maigret nach Nizza, Monte-Carlo und an den Genfersee. Und allmählich erkennt Maigret, dass auch die Reichen dieser Welt von existenziellen Ängsten geplagt sind.

»Mit Jules Maigret hat Georges Simenon
einen Ermittler erschaffen, wie es keinen zweiten gibt.«
Nina Mützelburg, *Westdeutsche Zeitung*

Maigret
Band M40

Georges Simenon
Maigret und sein Revolver
Aus dem Französischen von Hansjürgen Wille,
Barbara Klau und Svenja Tengs
240 Seiten, Taschenbuch
ISBN 978-3-455-00745-9
Atlantik Verlag

Bei einem ungewöhnlichen Anruf im Kommissariat teilt
Madame Maigret ihrem Mann mit, zu Hause am Boulevard
Richard-Lenoir warte ein junger Mann auf ihn. Doch als Maigret
dort ankommt, ist der Mann fort, und mit ihm fehlt ein heikler
Gegenstand: Maigrets Revolver. Kurz darauf wird am Gare du
Nord eine Leiche entdeckt. Maigret setzt alles daran, nicht nur
diesen Mord aufzuklären, sondern womöglich einen weiteren zu
verhindern, und so reist der Kommissar seinem Revolver hinter-
her, bis nach London in das vornehme Savoy Hotel.

»Von den liebevoll gezeichneten Alltäglichkeiten
wird man noch nicht lesesüchtig, aber
von der Leichtigkeit, mit der Simenon
seine Kriminalfälle und Geschichten erzählt –
und der Menschlichkeit seines Kommissars.«
Bettina Göcmener, *Die Welt*